双剣の乙女

待ってて、わたしの旦那様！

こ　る

K　O　R　U

一迅社文庫アイリス

ウィルラ
冒険者の母に鍛えられ、立派な剣士に
育ってしまった村娘。
夢は可愛いお嫁さんになることだが、
村の男達からは全く相手にされず、
理想の旦那様を求めて村を出る決
意を固める。大剣とレイピアの二
つを出現させられる武人でもある。
アンフィル
ウィルラの村を訪れた冒険者の青年。
「剛拳のアンフィル」という二つ名で知られる実力者。
顔立ちがよいせいで、女性関係で苦労することが多い。
そのため、ウィルラに対してやや辛辣に接する。

ボルッツ

ウィルラの村を訪れた冒険者の男性。
アンフィルと二人で様々な依頼をこなしている実力者。
人当たりがよく、ウィルラにも親切。

用　語　説　明

武　人	体から武器を出現させることができる体質の人。出現する武器は生涯変わらず、身体能力は一般的な人と同じ。
祈り人	祈りの言葉で怪我を回復させることができる体質の人。
獣　人	獣のように高い身体能力を持つ体質の人。 体に獣の要素が出ることはない。
冒険者ギルド	冒険者を支援する組織。 大きな街などには必ずあり、害獣討伐や、護衛任務などさまざまな依頼を取りまとめている。
徽章（バッジ）	冒険者ギルド公認の冒険者だと証明する有料の装飾品。 色や形によって、冒険者の実力が分かるようになっている。
冒険者	冒険者ギルドから依頼を受けて活動している人達。 優れた冒険者は、二つ名で呼ばれるようになる。

イラストレーション◆朝日川日和

序章　乙女の主張

「わたしは、可愛いお嫁さんになるのよっ！　だから剣なんて必要ないわっ！　こんなこと、もうやめるって言ってるでしょっ！」

　そう言い切った途端、右上から剣先が狙って来るのを、わたしは右手に持った細身の長剣を肩にあてがうように立て、咄嗟に受け流した。

　ガリガリと固い音と共に、わたしの剣を削るように滑る剣。

　綺麗に流したと思ったのに、手がびりびりと痺れる。

「母さん、やめてよ！　当たったら怪我するじゃない！　自分の馬鹿力、自覚してよっ！」

　素早く後ろへ飛ぶ。

　紺色のスカートの裾がひらりと浮くけれど、下に細身のズボンを穿いているから気にせずに裾を捌き。実用性と可愛さを備えた、踵の低い編み上げのブーツでもう一度地面を蹴って更に間合いを取る。

「はいはい、可愛いウィルラちゃん。あたしに勝ったら、いくらでもこの手合わせをやめてあげるわよ」

大剣を片手でくるりと回して肩に担いだ母が、にっこり笑う。

ひっつめた髪の毛にふくよかな体型、その上腰に巻いている白いエプロンがとっても『おかあさん』らしいのに、それを裏切る俊敏さと腕力。

そして、手に持っているのはお料理をするための包丁ではなく、身の丈程の大剣。それを笑顔のまま片手で軽々と振り回す母は、普通人の倍の身体能力を誇る獣人と呼ばれる希少な人種なんだけれど。獣とは言っても、身体能力がずば抜けて高い以外は普通人と同じだから。ふくよかな母が俊敏に動くその姿は、子供が思わず目を擦って見直す程、非現実的な光景だ。

「勝ったらって言うけど。現役の冒険者を相手にどうやって勝てって言うのよ！　この前の依頼で、銅から銀の徽章にランクが上がったの、父さんに聞いたんだからねっ！」

ギルドにはランクに応じて徽章があり、銅から始まり、次に銀、そして一番上は金。そして実績に応じて彫金が少しずつ彫られてゆく。全て埋まると次のランクに行ける仕組みで、徽章自体は買い取り制でそれなりに値が張る。ランクが上がる時に徽章の下取りはされるけれど、結構な金額を支払わなければならない。腕だけじゃなく懐具合でも篩いに掛けられる。それ故にギルドに所属しているというのは、それだけで箔が付くらしい。

「おっほっほ！　やっとよ！　要人警護なんて、なかなか彫金が増えない仕事が主体で、ここまで上げるのは楽じゃないんだから」

母は、弓使いの武人である父と一緒に、冒険者なんてことを生業にしている。

ギルドから斡旋される仕事には商隊なんかの護衛や、動植物の採取に、傭兵と類される仕事等と、多岐に渡る仕事がある。

うちの両親はその無害そうな外見から、要人警護の仕事を多く受けているらしいけれど。秘密厳守の仕事なので、どんな人達の護衛をしているのか、いまだに知らない。

そして、こうしてたまに仕事から帰ってくると、必ずやらされる手合わせ。母は親子の絆を確認する作業、なんて言っているけど。会話で十分でしょうがっ！

剣を合わせるわたし達を、村の大人達はいつものことかと気にも留めず。

娯楽に飢えている子供達や手の空いている若い男子は、とばっちりを食わないように遠巻きにしつつも、村の小高い丘の上で行われる恒例行事を見物しに来る。

「もうっ。いい加減にしてよっ！」

次々と放たれる母の剣を避けながら怒鳴っていると、大剣の先がわたしの髪の毛を掠めてゆき、はらりとわたしの目の前に髪の毛が舞い散った。

「ひゃあぁっ！」

腰まである甘栗色の髪は、毎朝丁寧に櫛で梳いて、大切に大切に伸ばしているのに！

「髪の毛は切らないで、って言ってるでしょぉっ！」

「髪の毛なんて、いくらでも伸びるでしょ。ほらほらほら。そんな細っこい長剣だけじゃ、あたしの剣は捌けないわよぉ？　そろそろ、本気を出しなさいな」

余裕綽々の母が、お玉でも振るように重い剣を軽々と振るってわたしを追い詰め、わたしは必死に母の剣を逸らしたり受けたり防戦する。

母の剣の動きが少しずつ速くなり、どんどん追い込まれてゆく。

「もうっ！　わかったわよっ！」

一本の剣だけで捌くのは諦めた。

大きく後方に下がって左手を前に出し、大剣を出現させる。右手に長剣、左手に大剣を持って母に対峙する。

この剣は武人であるわたしの一部だから、手に掛かる重さはない。その重さのない、二本の剣を両手に構え、キッと母を見据える。

「やっと、やる気になったわね」

両手に剣を持ったわたしを見て、母がにこにこしながら口を開く。

「そういえば、ウィルラ。母さん達が仕事に行ってる間、ちゃんと修行はしていたの？」

「勿論してたわよ。お嫁さん修業をね！　ナーナ義姉さんに野ウサギのスープの作り方を伝授してもらったわ。父さんがウサギ捕まえてきたら、美味しいスープを作ってあげるわね」

胸を張って軽口を叩けば、母の笑顔に凄みが増した。――さ、流石は、銀の徽章の冒険者よね。悔しいけれど、殺気を向けられると体が勝手に逃げそうになるわ。

意地で作った笑顔のまま、奥歯を噛みしめて目を見返す。

「是非、作って欲しいものね。うふふふ、作るだけの力が残っていればの話だけれど」

　そう言って繰り出された母の剣は、先刻よりも鋭さを増していた。わたしは会話する余裕もなく、必死になって両手に持った二本の剣で母の剣を捌く。

　ガンッ！

「あっ！」

　鈍い音と共に右手が痺れ、母に剣を弾かれたことを知る。

　右手の中から長剣が消えたことに怯んだ瞬間、左側から聞こえてきた風を切る音に、咄嗟に左手に持った大剣を盾にしながら、反対側へと地面を蹴った――


　見事に吹っ飛ばされて、仰向けに倒れたわたしに突きつけられていた母の剣先がゆっくりと引かれる。

「本当に、甘いわねぇ。折角二本も剣を出せるのに、使い方が勿体ないのよ。あんたの武器は長剣と大剣なんていう、釣り合いの悪さだけどね。重さがないんだから、いくらだってやりようがあるでしょう？　馬鹿正直に、剣を出してから挑みかかるなんて、本番でそんな甘いことしてたらやられるわよ？　それに、ちゃんと素振りはしているようだけれど、あの程度で剣から手を離しちゃうなんて、握力が足りない証拠よ。いくら剣の重さはなくても、相手の剣の重さはかかるんだから、ちゃんと握り込む訓練もしなきゃ駄目よー」

地面の上に転がり、脇腹を抱えて痛みにのたうつわたしに、呆れ混じりの母の声が掛かる。

「ウィルラのスープ、今回は無理そうね。うふふふ。ナーナちゃんに作ってもらおっ」

笑いながら背を向けた母を睨んだけれど。体格に見合わない軽やかな足取りは、止まることなく家へ向かって遠ざかっていく。

「うぅ……っ。く、や、し、いっ！」

さっきまで見物をしていた村の人達が、わたしの怪我を治すために祈り人を連れて来てくれるのを遠くに見ながら、痛む脇腹を我慢して草原の上を転がって俯せになる。

「戦うのなんてもう、うんざりっ！　わたしの夢は、お嫁さんになることなんだからっ！　もう手合わせなんかするもんかーっ！」

悔しさを地面に向けて吐き出し、目の前に生えている草をブチブチと引きちぎった。

第一章　夢への旅立ち

今朝方、両親がまた仕事で家を出た。昨日帰ってきたのも、ギルドの依頼のついでにちょっと村に寄っただけみたい。

冒険者である両親は、仕事の内容を一切漏らさないから、いまどこに居るのか次にどこに行くのかわからない。どうしてもって時は、ギルドを通して連絡は取れるけれど。結構なお金を取られるので、日常的に使うことはできない。

昔はそれが寂しくて、悲しくて。仕事から両親が帰ってきた時には、まるで居ない間の寂しさを埋めるようにまとわりついていた。一緒に居てくれる時間が……それが剣の稽古だったとしても、凄く嬉しくて。両親の喜ぶ顔見たさに、「おとうさんとおかあさんみたいなぼうけんしゃになるのー」なんて無邪気に宣言していたけれど。

それはもう、幼いころの話なのよ。

いまの目標は「堅実な男性と、幸せな家庭を作ること」よ。それを最終目標に「可愛いお嫁さん計画」だって、進めてるんだから。

ナーナ義姉さんのお使いで、夕飯に使うミルクをもらいに、ミルクと交換してもらうための一塊の鹿肉を持って、幼馴染みであるタークの家に向かった。

「こんにちわー、おばちゃーん、ミルクもらいに来たんだけどあるー？」

少し遠くで牛の餌を運んでいたおばちゃんに、大きな声を掛ける。

「あら、ウィルラちゃん。ミルクなら売る程あるわよー、あっはっは」

明るいおばちゃんの声が返ってくる。

村一番の牛飼いで、村中のミルクを一手に引き受けているおばちゃんの定番の返しに、一緒に笑い声を上げてから、今日はいつもの量じゃなかったんだと、慌てて付け足す。

「そうだ！　今日はミルクのスープ作るから、いつもより多目に欲しいのー」

まだ遠くに居るおばちゃんにそうお願いすると、わたしよりも大きな声が返ってくる。

「はいよー。タータ！　ウィルラちゃんにミルク分けてあげてー。いつもより多くねー」

おばちゃんの大きな声に、牛小屋の中からタータの、「あー」だか「うー」という曖昧な声が返ってくる。

「おばちゃん、はいこれ。この前仕留めた鹿肉よ、食べ頃だから早めに食べてね」

近くに来たおばちゃんに、持ってきたお肉の塊を渡すと笑顔になった。

「あらあら、こんなにありがとうね。そうそう、ウィルラちゃんはもう会ったかい？　今日村に泊まる冒険者。まだなら、見てみなさいよ。名うてのギルド冒険者らしいわよ？」

そう言って意味ありげに片目を瞑って見せたおばちゃんが、お肉を持って家に向かう背中を内心首を捻りながら見送る。

名うての冒険者が、一見の価値ありなのかしら？　でも、いいことを聞いたわ。ギルドに登録している、真っ当な冒険者がこの村に泊まるなんて年に一回、あるかないかだもの。

いまこそ計画を実行する時よね！　でも……。一抹の不安が胸に湧き、迷いが生まれる。

大好きなこの村、この景色、できればずっとここに居たいけれど……。

柵に凭れ、中に放されている牛達をぼんやりと眺めていると、草原を流れてきた風がスカートを巻き上げふわりと大きく舞い上がり、慌てて裾を押さえた。

どうせ誰にも見られていないだろうと思いながら顔を上げれば、ミルク缶を持ってこっちに歩いて来るタークと目が合う。

い、いま、スカートの下、み、見られっ。

かぁっと顔が熱くなるわたしを、近づいてきたタークが片頬を上げて笑う。

「はんっ、なに照れてんだよ。誰も、お前のパンツなんか見ねぇって。ほら、持って来てやったぞ。ちょっと重いけど、まぁお前なら大丈夫だろ」

そう言って、左右に持ち手が付いた缶を渡してくる。

口を尖らせながら、ずっしりとくるそれを両腕で抱えて受け取る。

「わたしなら大丈夫って、どういうことよ！」

「だって、ウィルラじゃねぇか。ナーナさんや、カバックの姉ちゃんあたりなら、運んでやるけど。お前はなぁ」

意地悪な顔で笑ってそう言う彼の足を、思い切り踏みつけようとしたけれど。ひらりと逃げられてしまった。

すばしっこさだけは一人前よねっ。

「怖ぇ、怖ぇ。そうだ、昨日のお袋さんとの手合わせも凄かったな。あの剣の流し方とか、絶対下手な冒険者よりうまいよ。お前本当に年々腕上げてくよなあ、いつかは冒険者になるんだろう？　お前の夢だったもんなぁ。武人だし、簡単に銀に行けるんじゃねぇの？」

気軽にそんなことを言う彼に、胸の奥から溢（あふ）れる怒り。

「冒険者になんてならないわよっ！　いっつも言ってるでしょ。武人っていうのは、剣が出せるだけで、それ以外は、普通人となにも違わないって！」

何度も口を酸っぱくして言っているのに。彼は今日も、鼻で笑って取り合わない。

「冒険者を目指さねぇって。お前、そりゃ宝の持ち腐れって奴だぞ？　それに、冒険者やってるおばさんとあれだけやり合えて、普通人と一緒なんて、そんなわけねぇだろう」

「一緒なのよ！　母さんに無理矢理練習させられて、ちょっとうまくなっただけだもの！」

「あははっ、おばさん、お前に期待しまくりだからなぁ」

必死に言い募っているのに、笑って返されて。泣きそうな気分で、唇を噛（か）みしめる。

どうしてみんな、わたしの剣ばかりを見るの？　どうしてわたしを見てくれないのよ。

「なぁ、今度久しぶりに手合わせしてくれよ。これでも、毎日訓練はしてるんだぜ？　あ、剣は一本で頼むぜ、流石に二本剣なんて無理だからよ。あっ、おい？　ウィルラ？」

「…………」

わたしが唇を噛んで泣きたいのを我慢しているのに気付かず、好き勝手に言っているタークに背を向けて、——わたしは決心を固めた。

家に一度戻って重いミルク缶を置いてから、村で宿屋の代わりとなっている集会所へと走った。タークのおばさんが言っていた冒険者が泊まるなら、場所はここしかない。

集会所のドアの前で立ち止まり、手早く身嗜みと息を整える。

どんな人達なんだろう？　名うてと言うぐらいだから、銅ではないわよね。じゃぁ最低でも銀の徽章、もしかしたら金の徽章の冒険者かも知れない。だとすれば、父さん達と同じぐらいの年齢かしら？　きっと筋肉が凄くて、熊のような大男よね。

怯んだりびっくりしたりしたら失礼だもの、どんな大男が出てきても、動揺しないようにしなきゃ。そして、なんとしても、私の依頼を受けてもらうのよ！

一つ深呼吸してから、覚悟を決めてドアをノックする。

「どなたですか？」

ドアの向こう側から聞こえた声に戸惑う。思ったよりもずっと若いその声に、急に緊張してきた胸を押さえ、声を返す。

「突然、申し訳ありません。お願いがあって参りました」

大きめの声をドアに掛ければ。部屋の中でなにかやり取りがあったあと、ゆっくりとドアが開けられた。

そしてわたしはドアから現れた人物に、息をするのも忘れた。

わたしよりも頭一つ分くらい高い長身。暗色の動きやすそうな細身の旅服にきっちりと身を包んだ体躯は太くも細くもなく、体に一本芯が通っているように真っ直ぐ美しい立ち姿。

そして顔は、切れ長の目に墨を刷いたような眉、すっきりと高い鼻梁に、少し情の薄そうな唇は少しだけ口角が上がり笑みを作っている、シミもホクロの一つもない顔。硬そうな黒髪は短く刈り込まれていて、その髪型が男らし過ぎて勿体なく感じる。

――こんな綺麗な男の人……はじめて見た。

意識した途端、胸がドキドキと強く脈打つ。

目の前に立つ彼を見上げたまま、すっかり固まってしまったわたしを見下ろす彼の眉間に軽くしわが寄ったが、それは一瞬で消えた。

「どうしました？　なにか、用があるのではなかったのですか？　お嬢さん」

仄かに笑みを浮かべ、丁寧な口調でそう聞かれて、ハッと我に返った。

「は、はいっ。え、ええと、あのっ」

彼の顔に見惚れて、なにを言うつもりだったのか飛んでしまい、しどろもどろに口を開いた時。彼の後ろからのっそりと、これぞ冒険者という体格の男の人が出てきた。

一部だけ明るく染めた濃い茶色の髪が特徴的な、男らしく凛々しい顔立ちの偉丈夫で。上着を脱いで、薄着になったシャツの筋肉が盛り上がっていて、とっても雄々しい。

そうよ、冒険者といえば、こうでなくっちゃ！

態度や風体からして顔の綺麗な彼よりも年上で、多分この人が話を決める人だと直感して彼に向き合う。

「嬢ちゃん、なんか用かい」

外見に反して穏やかな口調で声を掛けてくれた彼に、浮ついてしまった心持ちを気取られないように表情を改めて口を開く。

「はい。お願いがあって参りました。どうか、わたしをお二人の旅に同行させてくださいっ。お願いします！」

一息にそう言って、二人に向かって頭を下げる。

「同行？　――随分と不躾な願いを出してきましたね」

さっきまでは笑顔だった綺麗な顔の彼が発した冷たい声に戸惑う。わたし、なにか怒らせること言ったかしら？　でも、ここで引くわけにはいかないのよ。

「あなた達が、ギルド登録の冒険者だと見込んでのお願い——いえ、依頼をさせてください。どうか、大きな町まで、あなた達の移動にわたしも一緒に連れて行ってください。ちゃんと報酬はお支払いしますからっ」

言い切って、もう一度頭を下げたわたしに、沈黙が落ちる。

あの綺麗な顔に面食らったのは失敗だった、きっとあれが不審を招いたのよ。どうしてあんなに動揺しちゃったのかしら。引き受けてもらえなかったらどうしよう……。

いいえ！　弱気になってどうするの。村を出て、お嫁さんになるという夢を、なんとしてもこの手に掴み取るのよ！

そのためには、なんとしても二人に了承してもらわなくては！

頭を下げたまま、体の前で決意を込めて握りしめた手が、緊張で冷たくなる。

どきどきと張り詰めた時間を破ったのは、ドアに背を凭れた格好で聞いてくる大柄な男性の声だった。

「まぁ、頭を上げな。それで具体的には、大きな町というのはどこだ？」

彼の言葉に、まだ駄目になったワケじゃないことを感じ、ホッとして頭を上げた。

その瞬間刺さってきた、お綺麗な彼の鋭い視線に一瞬気圧されたけれど、すぐに気を取り直した。

　ここが、勝負よっ。

「あなた達の仕事の邪魔をするつもりも、目的地を詮索したりもいたしません。お二人が移動する途中にある、大きな町でいいんです。人がたくさん居る町まで、一緒に連れて行っていただきたいんです」

　本音を言えば、いっそのこと王都まで行きたいんだけれど。彼等の目的地と違う場合、拒絶される可能性が高いと思ってそう願い出れば、お綺麗な顔に鼻で笑われた。

「曖昧ですね。なんという町まで行くつもりなのですか？　それとも、それは口実で、我々と行動を共にしたいというだけではないのですか」

　綺麗な顔の彼が詰問口調で聞いてきた内容を、内心ムッとしながら否定する。

「グラン兄さ……いえ、兄が納得してくれれば、本当は一人で行ったっていいんですけど、一人旅は兄が許してくれません。だけど、ギルド冒険者であるお二人となら……ですから、どうか一緒に行かせてくださいっ」

　内情を訴えて、なんとか首を縦に振ってもらえるようにお願いする。

「兄か。まあ、女の一人旅を許すような身内は、普通居ないな」

　大柄な偉丈夫が、目を細め納得するように頷いてくれたことに勇気づけられる。

「ギルドに登録されている冒険者のお二人に受けていただければ、兄を説得できます。お願いです、わたし、この村から出たいんです。本当は王都を目指したいんですけれど。そちらに向かわないのでしたら、どの町でも、お二人が通りかかる場所でかまわないんです。報酬もお支払いしますから、同行させてくださいっ」

必死に言い募るわたしの前で、彼らは互いに顔を見合わせ、大柄な男性が口を開いた。

「そこまでして、村を出たいってのは。なにか理由でもあるのか？」

優しい口調で聞いてくれる彼に、ホッとしつつ力強く答える。

「わたし、どうしても、村の外で結婚相手を見つけたいんです」

そう言い切ったわたしに、二人は一瞬黙り込む。

「村の外で結婚相手、ねぇ」

大柄な彼が首を傾げるのは当然で、普通は生まれた村の中で結婚するものなんだもの。

村以外だとしても、せいぜい遠くて隣の村や町の人が相手。結婚相手を探しに旅に出るなんていうのも、女の人だと珍しい。

だから、わたしは彼等を説得するために、言葉を重ねる。

「わたしは、理想が高いんです。だから、なるべく人が大勢居る大きな町で、理想に合う素敵な男性を自分の足で探したいんですっ」

自分が武人であることは隠して、そう熱く語ると、大柄な彼が笑い出した。

「ぶあっはっは。そうか、理想が高いのか。ほら、ここにこんなのも居るが、どうだ？」

そう言って彼が隣の彼を指させば、彼はなにか言いたそうに綺麗な顔を歪めた。

からかうように言われたその言葉を不快に感じながらも、正直に答える。

「ごめんなさい、冒険者の方は駄目です。わたしの理想に、敵わないので」

わたしが即座に断れば、大柄な彼は更に楽しそうになる。

「へぇ！　これだけいい顔なんざ、王都でもそうは居ないんだぞ？　それでも駄目か？」

ちゃんと断ったのに、隣で綺麗な顔を憮然とさせている彼を更に売り込んでくる思惑はわからないけれど、もう一度きっぱりと断る。

「駄目です。だって、冒険者をしていたら、なかなか家に帰ってこないでしょう？　そんなの寂しいもの。わたしの理想は、ちゃんと毎日家に帰ってきて、一緒に居てくれる人なんです。だから、冒険者は、絶対に駄目です」

当の冒険者相手に言い過ぎかなと思ったけれど、彼は怒ることなく頷いてくれた。

「そうか、そうか。まぁ、理由はわかった。だが、俺達を雇うのは安くはねぇぞ？」

そう言って、にやりと笑った彼に、ゴクリと唾を飲み込む。

「お……おいくらですか？」

「そうだなぁ、俺達がギルド経由で護衛の依頼を受けるなら、最低でも一日につき銀貨二十ってところだ。勿論、宿代なんかの経費は別だ」

貯めた金額を思い出しながらおずおずと聞けば、途方もない金額を言われて、一瞬だけ怖じ気づいた。一日で銀貨二十ってどんなぼったくりよ！　思わず怒りそうになったけれど。ダメダメ落ち着いて！　この機会を逃したら、どんどんお嫁さんになる夢が遠くなる！

「そこをなんとか！　全部込みで金貨一枚！　お願いします！」

両手をきつく握りしめ、わたしは必死で値切る。

「しかし、こっちも仕事だしな。――なぁ？　どうする、アンフィル」

渋る大柄な彼が、組んでいた腕を指でトントンと叩きながら、もう一人の彼に声を掛ける。アンフィルと呼ばれた綺麗な男の人は、彼を見てほんのわずかに顔を顰めてから。小さくため息を一つ吐き、険しい顔をわたしに向けた。

「条件を決めればいいでしょう。自分の荷は自分で持つこと、こちらの日程にあわせて歩くこと。あとは、そうですね。目的地に着くまでは、男に色目を使わないこと。こんなところでどうですか、ボルッツ」

わたしのことをよく思ってなさそうだった彼から出た、助け船のような発言に驚いて、彼を凝視すれば、ちらりとわたしを見た彼が視線を逸らした。

彼に話を振られたボルッツさんは、厳つい顎を撫でながら頷いた。

「そうだなぁ。まぁ、それだけの条件が呑めるなら、いいだろう」

「大丈夫ですっ！　荷物と、そちらの日程で歩くのと、色目を使わないこと、それだけでいいんですよねっ」

勢い込んで確認すれば、アンフィルさんが小馬鹿にした様子で小さく鼻を鳴らした。

「もし、どれか条件を破れば、その時点で契約を終了とします。一番近くの集落にあなたを置いて行きますからそのつもりで」

たった三つの約束を守るだけだもの、簡単よ！

「はいっ、わかりましたっ。あ、申し遅れましたが、わたし、ウィルラと申します。どうぞよろしくお願い致します」

深々と頭を下げてから、ハッと気付いて勢いよく下げていた頭を上げる。

「ところで、出発はいつになりますか？　あのっ、早くても大丈夫です、もう荷造りはしてありますからっ」

嬉しくて急かすようにそう言えば、二人から呆れるような視線が落ちてきて、自分が浮かれていたのに気付き、思わず顔が熱くなる。

そんなわたしを見てボルッツさんは軽く吹き出し、アンフィルさんが軽く咳払いして答えてくれた。

「明日の朝、朝食を食べてから出ますので。そのぐらいの時間に来てください。遅れたら置いて行きますよ」

朝ご飯を食べてからね、うんっ、少し早めに来て外で待っていよう。

「はいっ。では、また明朝参ります」

さっき浮かれたのを挽回するために、ナーナ義姉さんを意識した優雅な微笑みで挨拶をして二人に背を向ける。

さあ、帰ったら兄さん達に説明して、荷物の最終確認をしなきゃ。

「ウィルラ」

呼び止める声に、帰りかけた足を止めて振り向けば。ボルッツさんが小さく手を上げた。

「明日からよろしくな」

「はいっ！」

手を振り返し、家族の待つ家へと急いだ。

◆・◇・◆・◇・◆

家に帰ったわたしは、兄が仕事から帰るのをそわそわして待ちながら。ナーナ義姉さんの夕食作りを手伝っていた。

「昨日の母さんとの手合わせの時も、タークったら祈り人を連れてきて、怪我を治してくれたのはいいけど、そのあとが酷いのよ。へらっとした顔で、『凄い試合だったな。この村じゃ、もうお前に勝てる奴は居ないな』なんて言うのよ、自分の弱さを棚に上げて！　男ならもっと強くなりなさいっていうのよねっ！」

鍋に掛けたミルクたっぷりのスープをぐりぐりとかき混ぜながら、肉料理を担当している兄嫁であるナーナ義姉さんに愚痴を零す。

ターグや村の男の人達のみならず、近くの村や町にも、わたしが二本の剣を出せる武人であることが知れ渡っていて。隣の村に行っても、まるでわたしが男であるような扱いをされる。

小さな男の子の尊敬の眼差しとか、あんまり嬉しくない。

「わたしだって剣を出せる以外は、か弱い乙女なのに。たまたま、ちょっと剣が出せるせいで……っ！　もおぉっ」

イライラと、鍋をかき混ぜる手に力が入る。

「もっと優しく混ぜましょうね？　お芋がくずれちゃうわ。ウィルラちゃんはこんなに、綺麗で格好いいのに、みんな見る目がないわよね」

乱暴になるわたしを諫めてから、そう言ってふんわりと微笑んで慰めてくれる彼女。

わたしには絶対に似合わない、薄い色合いのふんわりとしたワンピースを着こなす彼女を羨ましく見やる。

グラン兄さんのお嫁さんである彼女は、小柄で可愛らしくて温厚で、料理もお裁縫も礼儀作法も素晴らしくて。わたしの目標とする可愛いお嫁さんそのもの。

なんであんな無骨な兄に、こんな可愛いお嫁さんが来たのか、凄く謎なんだけれども。

「わたしは格好いいよりも、ナーナ義姉さんみたいに、可愛い方がいいわ」

　実は彼女も武器を出せる武人。だけど、わたしが持つ可愛げのない大ぶりな剣とは違って、彼女の武器は小ぶりなナイフ一本のみ。むしろ武器ではなく調理器具。いまもスパスパと小気味よくお肉を切り分けている。

　どうせ武器を持つなら、わたしも料理に使えるナイフがよかったな。

　落ち込みそうになる気分を、話題を変えることで吹き飛ばす。

「そうだわ、もう一つ聞いてよ義姉さん。まだ言ってなかったけど、この前、人手が足りないからって、無理矢理狩りに連れて行かれたのよ」

「あら、それってグランも参加していた盗賊狩り？　あの人ったら無口だから、ウィルラちゃんも行ってたって、知らなかったわ。隣の町との間に出た盗賊の討伐でしょう？　見事、一網打尽にしたって、隣の奥様が仰（おっしゃ）っていたわ」

　おっとりと柔らかな声音に、勢い込んで頷く。

「そう、それ！　本当にもう！　うちの村の連中は、なんでこんなうら若い乙女を、そんな野蛮なことに引っ張り出すのかしら。適当に後ろに引っ込んでいようと思ったのに、誰もわたしを庇ってくれないから、仕方なく参戦したわよ！」

「あらあら。それで、どうなったの？」

　スープをかき混ぜる手が弱くなる。

「……どうもしないわ。いつもどおり、向かってきた相手をたたき伏せただけ。二振りも剣を出せるって知ったら、驚いて蜘蛛の子散らすように逃げていったけれどね。逃げ道を張っていた兄さん達が一網打尽、ってわけよ」

その時の様子を思い出して、声に力がなくなる。

両手に剣を持つわたしを見て、逃げ惑う盗賊達。まるで猛獣に遭遇したみたいな、酷い顔をしていた。

「複数の得物を出せる人は珍しいもの。武人自体が稀少なのだし、余計にびっくりしたのね。ふふふっ」

かわいらしく笑う彼女に、唇を尖らせる。

「本当に稀少なのかしら？　だって、父さんも武人だし、義姉さんだってそうだし、母さんは獣人だし。兄さんは、普通人だけれど」

「そうね、ウチにはたまたま三人も居るけれど。本当は武人って、百人中二人くらいしか生まれないものなのよ？」

肉に香辛料をまぶしながら、彼女は少し改まった口調になる。大事なことを教えてくれようとする時の義姉さんは、ちょっと先生みたいで。わたしは背筋を伸ばして、義姉さんとしっかり向かい合う。

「この世界のほとんどは普通人だけれど、体から武器を出せる武人は百人居れば二～三人、祈ることで怪我を治せる祈り人は一人、身体能力が高い獣人は十人居るか居ないか。数字は前後するけれど、大体そのくらいしか生まれないものなのよ」

百人中二人かぁ……。

「なんでわたしだったんだろう」

思わずため息を零せば、突然ずしりと肩に乗ってきた大きな手に驚く。

「あ、に、兄さん。お帰りー」

仕事帰りの兄が、厳つい顔でわたしを見下ろしたまま、口を開いた。

「ちなみに、複数の武器を出せる武人は十万人に一人だ」

まるで睨んでいるかのように鋭い兄の視線だけれど。これが通常だと知っているわたしは、真っ向から見つめ返して、口を尖らせる。

「ああ、そう。気が滅入る余計な情報をありがとね。兄さん」

無表情で言ってくる兄の言葉は、冗談なのか本気なのか判断しづらい。

くすくす笑いながら、わたし達の様子を見ていた義姉さんが兄の帰宅をねぎらう。

「お帰りなさい、アナタ。今日は早かったのね。まだお肉焼けてないから、先に汗を流してきてくださいな」

「ああ。外で水を浴びてくる」

義姉さんの言葉に素直に従って、のっそりと台所を出て行く大きな後ろ姿を見送る。

年の離れた兄は昔、王都で兵士をしていたけど、わたしが八歳の時にお嫁さんを連れて帰って以来、ギルドの仕事で家をあけがちな両親に代わって、我が家を支えてくれている。

「わたしじゃなくて、兄さんが武人だったらよかったのに」

「そうね。でもそれは、あの人には言わないでいてあげてね？」

思わず零れてしまったわたしの言葉に、少しだけ哀しそうに微笑む義姉さんから目を逸らして、鍋に意識を戻した。

優しい義姉だけれど、最終的にはやっぱり兄のお嫁さんで。兄を一番大切にしている。言葉の端々で、兄を思いやっているのが感じられて。正直に言って、兄が羨ましい。

ああ、わたしも早く素敵な男性と結婚して、素敵な家庭を作りたいな。

義姉さんの方から、ジュージューとお肉が焼ける音と、食欲を刺激するいいにおいがする。

母は若いころから冒険者だったせいか、あまり家庭料理が上手ではなくて。わたしが子供のころはおおざっぱな味付けの、塩を振って焼いただけの肉や、塩ゆでしただけの野菜が食卓に並んでいたけれど、義姉さんが来てからは、我が家の食事の質が一気に向上した。

「ウィルラちゃん。お肉を乗せるお皿、出してもらえる？」

「はぁい」

お肉を焼き上げた彼女の手元に大きな皿を持って立てば、そこへ鍋の肉が移され、肉汁を残した鍋に調味料が入れられ、ソースが作られていく。

「ナーナ義姉さんみたいに料理上手になって、素敵な旦那様を捕まえたいなぁ。体型だって、母さん譲りの胸と、剣の練習でできたくびれもバッチリあるし、我ながらいい体してると思うのよね。どうかしら?」

「うふふふ、ウィルラちゃんたら」

ふざけて胸の下に右腕を入れて持ち上げ、腰に左手を添えてポーズを決めて義姉さんに片目を瞑ってみせれば、楽しそうに笑ってくれた。

「それにね。武器を出さなきゃ武人だってバレないでしょう? 刺繍だって義姉さんに教えてもらって、少しはできるようになったし。お掃除は苦手だけど、できないわけじゃないし」

いますぐお嫁さんになる自信はあるのよ。あとは相手だけ。

「そうね。ウィルラちゃんは頑張っているものね。素敵な殿方と結婚して欲しいわ」

お肉の上にソースを掛けて仕上げをし、エプロンを外しながらそう言った彼女の両手をガシッと握りしめる。その言葉を待ってたのよ!

「ナーナ義姉さん。本当に、そう思ってくれる?」

「え、ええ。勿論よ」

じっと彼女の目を見れば、しっかりと頷かれた。ホッとして、外で水浴びしている兄に聞こえないように小声で先を続ける。

「あのね。わたし、この村を出ようと思うの。村を出て、わたしのことを知っている人が居ない場所で、素敵な旦那様を見つけたいの」

「この村にだって、年頃の男の子は居るわよ？」

わたしに合わせて小声になる彼女に首を横に振ってみせる。

「無理よ。だって、わたしが武人だってみんな知っているもの。わたしにくる誘いはみんな、手合わせしようだの、狩りに付き合えだの、色気のイの字もないものばっかり。ここに居たんじゃ結婚なんてできないわ。だから、お願いっ！　兄さんを説得するの手伝って？」

わたしのお願いに弱い彼女に懇願する。

困り顔の彼女に、もう一息！　と口を開きかけたところで頭を鷲掴みにされた。

「ナーナを困らせてないで、ちゃんと説明してみろ。聞いてやらんこともない」

「えっ！　本当にっ？」

思いがけない兄の言葉に、背後を振り返れば。いつもと変わらないむっつりとした顔の兄が「まずは飯だ」と食事を催促してきて、義姉さんを手伝って大急ぎで食事を用意した。

「近くだったら……きっと、わたしのことを知ってる人が居て駄目だろうから。いっそ、王都とかそれに近いくらい大きな町に行こうと思うの。そうしたら、人もたくさん居るし、きっとわたしと結婚してくれる人だって居るに違いないわ」

食事が落ち着いてから話を切り出したわたしに、兄は黙ったまま腕を組み、義姉さんは兄の様子を見ている。

無言の兄に訴えるように、更に言葉を重ねる。

「実はもうずっと前から、旅に出るための準備もしてあるのよ。母さんが知ったら、きっと反対すると思うから。母さん達が仕事で居ないいましかないのよ。これ以上この村に居て、行き遅れになるなんてまっぴら御免だわ」

わたしの力一杯の主張に、兄は深くため息をついた。

「あの二人は反対しないと思うが。素人の一人旅など、承諾できるわけがないだろう」

「大丈夫よ！　そう言うと思って、今日、村に来てる冒険者の人にお願いしてきたわ！」

待っていた兄の言葉に、思わず食いついてしまった。

「……」

「あら、まぁ」

勢い込んで言ったわたしに、兄の呆れを含んだ視線と、義姉さんの心配そうな視線が突き刺さるけれど。この程度で折れるようなヤワな決心じゃないわよ！

◆・◇・◆・◇・◆

不承不承ではあるけれど村を出ることを認めてくれたグラン兄さんは、整えてあったわたしの荷物を前にして、いつもより眉間のシワを深くした。

「なにをこんなに詰め込んでるんだ」

「あらあら。このワンピースも持って行くの？　豊穣祭(ほうじょうさい)用に縫ったんだものね」

呆れ混じりの兄の声と、ナーナ義姉さんの声が重なる。

「無駄な服なんか入れるな。疲れるだけだ」

「無駄じゃないわ！　ナーナ義姉さんに教えてもらって、わたしが刺繍した一張羅(いっちょうら)だもの。未来の旦那様にも見せるのよっ！」

熱くそう訴えても、兄の目はじっとりと据わったままわたしを見つめる。

それでもこの服だけは持って行きたくて、胸に抱きしめれば。これ見よがしにため息を吐かれた。

「勝手にしろ。その代わり、他のものを減らせ。手ぬぐいはもう少し足せ、旅服の替えは減らしていい。下に着るものだけにしろ。こんな小物は置いていけ」

兄の厳しい審査を通った結果、荷物は背負い袋一つになってしまった。

「まだ多いんだぞ。歩くのが辛(つら)くなったら捨てろ。捨てられないなら、寄ったところで売るなり譲るなりしろ。わかったな」

「はぁい」

少し面白くないまま返事をしたわたしの前に、義姉さんがナイフとそれを入れて腰に下げるナイフサックを差し出した。

「武人であることを隠していくのでしょう？　護身用にこれを持って行って」

「うん、ありがとう」

義姉さんの心遣いに感謝してそれを受け取ると、荷物を挟んで兄が居住まいを正したので、わたしも姿勢を正して兄に向き合う。

「もし、万が一のことがあれば、躊躇わずに剣を出せ。それが約束できないなら、いま力尽くでお前を引き留める」

真剣な兄の顔に、わたしは頷いた。

わたしが八歳の時から十年間、ろくに家に帰ってこない両親に代わって、義姉さんと一緒にわたしを育ててくれた兄の言葉を、しっかりと受け止める。

「わかりました。——兄さん、義姉さん、いままでありがとうございました」

二人に向かって深く頭を下げると、頭をがしがしと大きな手で撫でられた。

「お前は、この村で納まって居られない人間だってのはわかっていた。結婚しようがしまいがそれはお前が決めることだ。とにかく、その目でしっかり外の世界を見てこい」

「っ……はいっ」

大きな手に阻まれて上げることができない頭で、顎を引いて頷く。

「よし、明日に備えて寝ろ」

そう言うと、まだ着替えもしていないわたしをベッドに放り投げてシーツを頭まで被せた。

「ナーナ、少し出て来る。先に休んでいてくれ」

そう義姉さんに声を掛けた兄はドスドスと足音も荒く、家を出て外に行ってしまった。

もしかして兄を怒らせてしまっただろうかと不安になったわたしの背に、シーツ越しに優しい手が乗った。

「困ったことがあったら、ここに帰ってらっしゃいね？　あなたの家はここで、あなたは私の大切な妹なのですから」

言いながらシーツの上から優しく頭を撫でられて、不覚にも目尻に涙が溢れたけれど。ここで泣いたら、きっと義姉さんを心配させちゃう。

「大丈夫よ。ちゃんといい人見つけたら、連絡するわ。わたしみたいないい女、すぐに素敵な旦那様見つけちゃうんだから！　義姉さんも、心配しないで待っていて……っ」

彼女は、語尾が揺れてしまったわたしの背中を優しくひと撫ですると、部屋の明かりを消してそっとドアを閉めた。

足音が遠ざかったのを確認して、枕に顔を押しつけてほんの少しだけ泣いた。

「遅れていますよ。昨日の威勢はどうしたのですか？　まさか初日でお別れすることになるとは思ってもみませんでしたね」

わざわざ隣に並んでゆったり大股で歩き、そう茶々を入れる綺麗な顔の男を睨み上げる。

「煩いわねっ！　どこ見てるのよ、ちゃんと歩いてるでしょうっ。ちっとも遅れてなんかいないわよ！　そうよね、ボルッツさんっ」

少し先を歩く大きな背中に声を掛ければ、前を向いたまま手首を曲げてひらひらと手を振られる。

「ほらっ、遅れてないってっ」

適当に解釈して、隣を歩くアンフィルをキッと睨む。

そんなわたしに彼は小さく口元を歪め、小憎らしく顎を上げて鼻で笑う。

「はいはい。ああ、なんでしたら、荷物をお持ちしましょうか？　お嬢さん」

優しげな笑みを乗せてそんなことを言ってくるけれど、その手には乗らないわよ！

「結構よ！　あなたが言ったんでしょ。荷物は自分で持つこと、って」

「おや、覚えていましたか。折角ここでお別れする機会でしたのに」

やっぱりっ！　やっぱりそんな魂胆だったのねっ。

握りしめた拳を何度もギュッギュッと握り、その拳を振るわないように……正しくは、剣を出さないように、手を握ることで我慢を重ね。納まらない怒りにまかせて、一つ目の小さな町まで踏破し、そこで宿に泊まった。


問題なのは翌日からだった。

旅人として一般的な、丈夫な生地のスカートの下にズボンを穿き、薄手の長袖の上着を着たわたしは、いつもの踵の低い編み上げのブーツを履いて地面を踏みしめながら、後悔する。

——兄さんの忠告、ちゃんと聞いておけばよかったわね。

初日はアンフィルと口喧嘩しながら歩けるくらい余裕があったけれど。今日は昼を過ぎたころから、背負った荷物の重みが増していた。

日課の素振りをやめたせいで、丸一日以上剣を出してなくてうずうずする手を、時々握ったり開いたりして気を紛らわせながら。二人について、歩いて行く。

冒険者だけあって二人の格好は軽装で、荷物もわたしのように大きくない。でも鉄の塊である剣を腰に下げているんだから、絶対にわたしより重いはずなんだけれどな。

鍛えているせいかしら、全然重そうに見えないわね。

「大丈夫かウィルラ、荷物を持ってやろうか？」

「いいえ。大丈夫、全然平気よ」

ボルッツさんの、多分、ここで旅を終わらせてやろうなんて下心のない、親切な申し出を、わたしは顔を上げて汗だくの笑顔で拒絶する。

だって、自分の荷物は自分で持つっていう約束だもの、これを持ってもらう時は旅を降りる時！　背中にずしりとくる荷物は、時間が経つ程重くなるように感じるけれど、頑張らなくっちゃ。

もう随分前から足の裏が痛くてたまらない。だけど、二人に合わせて歩く約束だから、これくらい我慢、我慢っ。

汗を拭って、背中の荷物を背負い直す。

「暑くなってきましたから、ここらで一度休憩を取りましょう」

気合いを入れて荷物を背負い直したところに、少しだけ先を歩いていた綺麗な顔が振り向いてそう言った。立ち止まったわたしの肩をボルッツさんが叩く。

「だとよ。そこに川もあるから、水も汲めるしな。ほら、荷物を下ろしな」

アンフィルの言葉を肯定した彼に、心底ホッとしてヘタヘタとその場に座り込んで、動けなくなったわたしの背中から、ボルッツさんが背負い袋を下ろしてくれる。

「ありがとう、ボルッツさん」

「おうよ」

へたり込んだまま、彼を見上げてお礼を言えば、ニッと笑い返してわたしの横に荷物を置いてくれた。ボルッツさんみたいな人を、気は優しくて力持ちっていうのね。冒険者じゃなかったら、結婚したいくらいだわ。

「流石にそのくらいは、見逃して差し上げますよ」

わたし達の様子を見て、わざとらしく嫌味を言ってきたアンフィルをキッと睨む。

いくらお綺麗な顔でも、ずっと一緒に居れば気にならなくなるものね！　何度も突っ掛かられて、むしろ憎らしいわ。

「お優しくて涙が出そうだわ。見逃してくれてありがとっ」

「どういたしまして」

優雅な微笑みでわたしの嫌味返しもそつなく返す、なんという嫌味男っ。

「少し日が傾くまで休みますから。疲れているなら、横になって休んでも構いませんよ」

横になってうっかり寝入って、置いて行かれたら目も当てられないわね。流石にそんなことはしないと思うけれど。

「少し日が傾くまでね、わかったわ。それなら、川に行ってきてもいいかしら？　水を汲んでおきたいの」

座ったまま、背負い袋に入れてある水筒を取り出してみせる。ついでに熱をもってぱんぱんになっている足の様子も確認しておきたいから、手ぬぐいを何本か出してそれも持って行く。

「構いませんよ。ただし、目の届く範囲から出ないでくださいね。ここら辺は凶暴な生物は居ないはずですが、わざわざあなたを探しに行くのも面倒なので」

アンフィルがお綺麗な顔に笑顔を貼り付けてそう言ってくる。

なんでいちいち嫌味を言うのかしら！

「はいはい！　わかりましたっ！」

ムカッとする気持ちが、根っこが生えたような腰を押し上げて、その勢いのまま道から見えるところにある川へと歩きだす。

「ウィ――。ちょっと待ちなさい」

ウィルラと言いかけてやめたアンフィルに眉をひそめながら、振り返る。

「なに？　まだなにかあるの？」

「いえ。大きな石も転がっていますから、足下に気をつけてください。こんなところで足を捻(ひね)られては、旅の妨げになりますから」

しれっと言われた嫌味の追加に、思わず呆(あき)れたため息が出てしまう。

「わかったわ。怪我(けが)をしないように気をつけるわね」

ひらひらと手を振って、小憎らしい綺麗な顔に背を向け。川を目指して、下り坂になっている道の脇の斜面をゆっくりと下りていく。

アンフィルが言ったように、石がごろごろしている川岸を注意して歩き、ゆるやかな流れの川に近づけば、木々の隙間を縫って落ちる日の光がきらきらと水面に輝き、魚が跳ねていた。

水面を滑った涼しい風が汗を乾かしてくれて心地いいけれど、のんびりもしていられない。

川の水を汲んでから、川辺に座って靴を脱ぐ。

「あーぁ。こりゃ痛いはずだわ」

思わずため息が出る。足の裏はマメがつぶれて皮がめくれていた。荷物が重い上に、頑張って男の人の足に合わせていたから、無理が祟ったのかしら。

自分では結構丈夫な体をしてると思ったけれど、こんなに歩いたのははじめてだものね。

剥がれかけている皮を腰に下げてあったナイフで切り取ってから、持ってきていた布を足の裏に巻いて川まで歩き、熱を持っている足を川の水で冷やす。

傷にしみて痛いけれど、それよりもぱんぱんに腫れている足をどうにかしなきゃ。

男二人が向こうで話をしていてこっちへ下りて来ないのを、ちらりと横目で確認してから、はしたないと思いつつズボンを折り返し、スカートを少し引っ張り上げてふくらはぎまで水に浸した。

「ふぅ……っ」

心地よい冷たさに、思わずため息が零れる。

やっぱり荷物、減らさなきゃならないわね。村で狩りに行く時みたいに荷物が最小限なら、こんなにへばらないもの。

足の熱があらかた引いてから川を出て、乾いた布で足を拭いて靴に足をいれる。

足が浮腫んでいるせいでキツくなった靴を無理矢理履き、使った布を洗ってから水筒を持って二人の元へ戻った。

「もういいのか？」

ボルッツさんがそう聞いてきたので、にっこり笑顔で頷く。

「ええ。十分休んだわ」

本当はもっと休みたい、という体の悲鳴を無視して、精一杯強がって笑顔を向けると。意味ありげに、ボルッツさんがアンフィルの方を見る。

その視線を受けたアンフィルは、居心地悪そうに視線を揺らしたが。なにも言わずに、自分の荷を背負った。

さあ。わたしも、もうひと頑張りしなきゃ！

地面に置いていた荷に手を掛け、気合いを入れてぐっと持ち上げる。うーん、やっぱり軽くなったりしないわねぇ。少し休んだから、ちょっとは軽くなっているかと思ったのに。

両手に掛かる、ずっしりとした重みにうんざりしながら、勢いをつけて背負う。

「よいしょ、っと！　おっとっと」

勢いがつき過ぎてよろけたところを、後ろから支えられた。

「あ、ありが――」

ボルッツさんだろうと思って、気軽にお礼を言いながら顔を上げれば、そこに居たのはまさかのアンフィルで。

びっくりして一瞬言葉に詰まると、彼の顔が強張った気がした。

彼がそんな顔をする心当たりがないので、気を取り直してお礼を言う。

「ありがとう、アンフィル。これも、大目に見てくれるんでしょ？」

ふざけた感じでそう言えば、彼は少し硬い表情で頷いた。

ん？　あれ？

ちょっと待ってみたけれど、いつもの嫌味は返ってこない。もしかして、アンフィルも疲れているのかしら？

わたしの顔を見て少しだけ眉をひそめた彼は、すぐに顔を背けてボルッツさんの方へ行ってしまった。

なによ、いつもみたいに言い返せばいいのに。そう思いながら、わたしも彼の後ろに付いてボルッツさんの方へ行く。

「次の村まではここから遠くなかったはずです。今日はそこで泊まりましょう」

彼がボルッツさんにそう言っているのを聞いて、ああもうすぐなのかとホッとする。

運が悪くなければ、その村にも祈り人が居るだろうから足を治してもらおう。強突く張りでなければ、いくらか支払えば村人以外の治療もしてくれるはずだもの。

あと少しだと思えば、こんな足の痛みだって我慢できるわ！

意気込んで歩いていたわたしは、すっかり肩透かしを食らった。

「本当に、すぐだったわね」

日が暮れる前に着いたその村を、足を止めて見渡した。わたしの住んでいたイーベル村とあまり変わらない風景が広がっている。

家々の間で地面をつついている鶏と、畑と、牛や豚の鳴き声。

ということは、この村も……。

「集会所を貸してもらえることになった」

やっぱり。

うちの村にあるのと同じような建物に案内された。うちの村よりもひとまわり小さなその集会所は一部屋しかない。

村長さんから毛布を借り、それぞれ壁際を陣取る。そうよね、壁に付いている方がなんだか安心感があるものね。

わたしも壁際の木の床の上に自分の分の寝床として、厚手の毛布を一枚敷き、もう一枚を上掛け用として畳んで足元に寄せ、荷物は壁側に置いて貴重品は持って歩く。

早く靴を脱いで楽になりたいけれど、村長さんのご厚意で夕飯に招かれているのでもう少し我慢しなきゃ。

「どうぞ、たくさん召し上がってくださいね」

「ありがとうございます」

村長の娘さんだというわたしと同じくらいの年頃の、お嬢さんが給仕をしてくれて。アンフィルも愛想よく彼女に笑顔を振りまく。

その笑顔を見て頬を染める彼女に、そいつの本性は意地悪なのよと教えたくなるのを、ぐっと我慢する。

「冒険者の皆さんは、これから急ぎの依頼でも？」

食事が進んだころ、村長さんがそう切り出してきた。

「いえ、依頼の合間で移動していたところです。なにか困りごとでもありましたか？」

アンフィルが柔らかな口調でそう水を向けると、村長さんはこれ幸いと話を切り出した。

「ええ！　実は、是非あなた達にご依頼したいことがありまして。ここ最近のことなのですが、村の近くに熊が出没して困っておるのです。すでに家畜が何頭もやられ、いつ人間を襲うようになるかと、怯え暮らしております。是非冒険者の皆様の力をお借りしたいのです」

熊の脅威は、うちの村でも時々あったからよく理解できる。

まだ人の味を知らないうちはいいけれど、まかり間違って人を襲うことを知ってしまった熊は本当に手が付けられない。被害が家畜で済んでいるうちに、なんとかするのは当然だわ。

村長さんの依頼は、翌日から行われる熊狩りの助っ人だった。

本当はギルドを通さない依頼は敬遠されがちなんだけれど。今回は村長さん直々（じきじき）であり、急を要する話だから、きっと受けるわね。

空気のようになりながら、成り行きを見守っていると。

「承知しました。そのご依頼、謹んでお受け致します」

ボルッツさんと視線を交わしたアンフィルは、そう村長さんに答えた。

「ありがとうございます！　冒険者の方が加わってくだされば、百人力です」

タークのおばちゃんが言うところの、名うてのギルド冒険者であるこの二人なら、きっと戦力になるだろう。

食後のお茶をいただいてから、軽く打ち合わせをするのに付き合って、三人で借りている集会所へと戻った。

村長さんは、わたしのことも冒険者だと思っていたようだけど、アンフィルは面倒くさいのか敢（あ）えて誤解は訂正せずに話を進めながら、わたしが村に居残りになるようにそれとなく話をまとめてくれた。

三人で集会所に戻るとすぐに、ご近所のお嬢さんが二人がかりで、大きな桶(おけ)に足を洗う水を汲んで運んで来てくれた。

「ありがとうございます。とても助かります」

アンフィルは村長さんにしたのと同じように、柔らかく笑顔を作ってお礼を言うと、お嬢さん二人は一瞬で耳まで真っ赤にさせて、桶を取り落としそうになって慌(あわ)てて抱え直す。

「いいえ！　どういたしまして！　なにかあったらすぐに言ってくださいね」

「あた、わたし、すぐ隣の家ですから、なんでも仰(おっしゃ)ってください。起きてます、いつまででも待ってますから」

一生懸命に自分を売り込んでいる彼女達の様子を、面白くない気分で見守る。

なんなの、あの、アンフィルのにこやかな対応。この村に来てからずっとあの調子だけど、あんなに愛想がいいなんて、知らなかったわ。なんだか、ムカムカする。

にこやかに対応しているその男の本性を、この場で晒(さら)してしまいたい！　そうすれば、きっとあの二人も、すぐに目を覚ますに違いないわ。

でもなんであの子達、彼が冒険者だってわかっているはずなのに、あんなに積極的になれるのかしら。

冒険者と村娘が付き合うなんて、恋愛物語でもない限り、幸せになりそうにないってわかるじゃない。……冒険者と結婚なんかしたら、寂しい思いをするのなんて目に見えているのに。

彼女達の桶を持つ手がぷるぷると震えだしたのを機に、アンフィルがそれを自然な動作で受け取る。

「ありがとうございます。なにかあれば、お伺いさせていただきますね。桶は明朝お返しすればよろしいですか？」

「はい、あ、あとで取りに――」

尚も接触の機会を作ろうと頑張る少女に、悩ましげに眉を寄せて首を横に振った。

「いいえ。それでは私が申し訳なくて、胸が痛みます。使い終わりましたら、私からお返しに伺いますね。では、お二人ともありがとうございました、おやすみなさい」

「あっ、はいっ」

アンフィルの優しげな笑顔に見送られた彼女達は、顔を真っ赤にしながら帰って行った。

……いま見たものは、一体なんだったのかしら。薄ら寒気がするわ。

「なんですか、その顔は」

桶を持ったアンフィルが、わたしの顔を見てあからさまに嫌そうな顔をした。

そうよ、これこれ。これがいつものアンフィルよね。

ちょっとホッとしながら、口を尖らせる。

「あんな重そうな桶、ずっと持たせてないで、もう少し早く受け取って、帰ってもらってもよかったんじゃない？」

早く休みたいのもあって、ついつい嫌味を言ってしまったわたしに、アンフィルは更に嫌そうな顔をする。

文句を言うわたしの肩を、ボルッツさんの手が宥めるようにぽんぽんと叩く。

「あまりすぐに帰すと、また口実を作って来るから。ああやって、それなりに相手をしておいた方が、結果的には一番早いんだ。ほら、ウィルラが先に使っていいぞ」

ボルッツさんが椅子の前に置いた桶を先に使わせてくれようとしたので慌てて遠慮する。

「わたし、髪の毛を梳いてから、ゆっくり足を洗いたいから、最後にして欲しいの」

本当はすぐにでも洗いたかったけれど。

歩いている時の感触で、どうも、足の皮の薄くなったところが、裂けて血が出ているみたいなのよね。先に血で汚すのは申し訳ないもの。

荷物から櫛を取り出して見せれば、ボルッツさんはすんなりと引いてくれた。

ホッとしながら床に敷いた毛布に座り、しっかりと編み込んでいた髪の毛を解いて、丁寧に櫛を入れていく。

やっと腰まで伸びた真っ直ぐな茶色の髪の毛は、わたしの女らしさの象徴だから。

丁寧に梳かして艶が出てさらさらと指通りもよくなったところで、絡まらないように首の後ろで緩く結ぶ。

「桶が空きましたよ。水を汲み直してきましょうか?」

足を洗い終えたアンフィルがそう言ったので首を横に振る。

「そのままでいいわよ」

薄暗くなってきたから、多少血で水が汚れてもバレないわよね。桶の前の椅子に座り、いそいそと靴を脱いでそろっと足を水に浸す。

しみるっ！

呻きそうになる唇を噛んで耐えながら、両手でやさしく足を洗い、水を拭き取っていると、アンフィルが無言で桶を持って行こうとした。

「あ、わたしがやるわ。最後に使ったんだもの」

慌てて靴を履こうとすれば、片手でおでこを押さえて顔を上げさせられる。

「君は早く休みなさい。ウィルラ」

はじめて彼から名前を呼ばれたわたしがびっくりしているうちに、彼は桶を持って出て行ってしまった。

外から水を流す音がして、そのままお隣に向かって足音が遠ざかっていく。桶を返しに行ってくれたのね。

それにしても……随分親切よね。なんだか、気味が悪いわ。

「ほら、早く休まないと、疲れが取れないぞ」

「えっ？　わ、きゃぁっ」

ボルッツさんは椅子に座っていたわたしを軽々と持ち上げて、そのままわたしを寝床に運んだ。彼は脱いであった靴も寝床の傍（そば）まで持ってきて、足元に畳んであった毛布を肩まで引き上げると、まるで子供にするように大きな手のひらでわたしの頭をポンポンと叩いた。

「しっかり、寝ておけ」

その言葉に安心してしまったのか、横になった体が倍も重くなったように動けなくなってしまった。母さんと手合わせをして、精根尽きた時に似ている。

自分じゃ気付かなかったけれど、こんなに疲れていたのね。

疲れを意識した途端、勝手に瞼（まぶた）がおりてくる。

「ありがと、ボルッツさん。あの……アンフィルにも、ありがとうって言っておいて――」

「ああ、わかった」

彼の低い声を聞いて、すとんと眠りの世界に落ちてしまった。

翌朝、日の出と共にすっきりと目が覚めた。

「んーっ！」

体を起こして思い切り伸びをすれば、昨日の疲れはすっかりなくなり、嘘のように体が軽くなっていた。

……あれ？　すっきり軽く？

おそるおそる足の裏を見れば、皮が剥けて裂けていたはずなのに、つるんと綺麗な足の裏になっていた。

これって……もしかして、わたしが寝ている間に祈り人を呼んできて治療してくれたのかしら？　もうっ、わたしだってちゃんと自分で祈り人のところに行こうと思っていたのに。

部屋の中を見回せば、すでに二人の寝床はもぬけの殻で、どうやら昨日言っていた熊狩りに出てしまったようだ。

二人が出て行ったのにちっとも気がつかなかった。毛布もきちんと畳んであるから、音だってしていたはずなのに。わたしったら、どれだけぐっすり寝てたのよっ。

ぐーすか寝ていた恥ずかしさがむくむくと湧きだし、頬を熱くしながら手早く毛布を畳む。

昨日の村長との話し合いの時に、わたしは村に残ることになっているので、今日はゆっくり休める。今日で仕留められなかったら、数日はここに滞在することになるという話で決まっていたから、十中八九あと数日はこの村に居ることになると思う。

そんなに簡単に、熊を仕留められるわけがないもの。

さてと、二人が居ないいまのうちに荷物を減らしておこうかしら。

壁際に置いておいた背負い袋から、丁寧に畳んだ一張羅を取り出す。心残りはあるけれど、もう一度作ればいいんだもの。そう自分に言い聞かせて、広げた布の上に置く。他にも旅で使わないものを選び出して、ひとまとめにする。

　まとめた荷物を持って、村の中央を流れる川へ向かうと、村の女性達が川の水で野菜を洗いに出てきていた。

「おはようございます！」

　挨拶をしながら輪に入れば、好意的な笑顔が返ってきてホッとする。この分なら、持ってきた荷物を買い取ってもらえそうだわ。

「おはようさん。あんた、あの綺麗なお兄ちゃん達と一緒に来てた子でしょう？　熊退治には行かないのかい？」

「やぁね、マーシャったら。こんな若いお嬢さんに、熊退治なんて荒っぽいこと、させられるわけないでしょう。ねぇ？」

　同意を求めてくるおばちゃんに、曖昧に微笑んで小首を傾げて見せる。

　故郷では、熊を含めた害獣退治にも盗賊退治にも参加していたけれど、内緒にしておかないとね。どこにお婿さん候補が居るかわからないんだから。

「あの、売りたいものがあるんだけれど、見てもらえるかしら？」

　そう言って、持っていた荷物を広げれば。野菜を洗っていた手を止めて、集まってくれる。

「あら、このハンカチ、素敵な刺繍がしてあるじゃないの」

「まぁ本当ね。この刺繍はあなたがしたの？　素敵だわ」

義姉さん仕込みの刺繍を褒められて、嬉しくなる。

「ええ！　前に王都で流行った意匠なのよ。ほら、こっちの手ぬぐいにも刺繍してあるのよ。どうかしら？　コレとコレとコレで一続きの作品なのよ」

広げて見せたわたしの手元を、のぞき込んでくる。

「あら、本当だわ、面白いわね。じゃぁ、その三つで銅貨一枚ならいいわよ」

「ええっ、そこをなんとかっ！　もうちょっと色を付けて欲しいなぁっ」

本音を言えば、銅貨三枚はお願いしたいのを、ぐっと堪えて、下手に出てお願いする。

「だけどねぇ。ああそうだわ、干した葡萄を付けてあげるわよ。日持ちするから、旅の間に食べれば、疲れも取れるわよ」

そう言うと、さっさと家に行き、すぐに戻ってきた彼女に、銅貨一枚と干し葡萄を入れた小袋を持たされる。

安く買い叩かれてしまったけれど、仕方ない。諦めて笑顔で品物を渡す。

そうすると他の品物も、同じように銅貨一枚と日持ちのする食料に交換されていく。

だけど、最後まで残った、わたしが心を込めて縫い上げた一張羅だけは、たまたま近くを散歩していた村長の娘さんが、同じように散歩していた他の娘さん達と競った結果、結構いい値段で買い取ってくれた。

　そして、そのついでとばかりに彼女達からアンフィルのことを聞かれたので、おばちゃん達の憩いの場である水場を離れ、木陰に移動して彼女達に付き合う。

「わたしも、一緒に旅をはじめたばかりだから、よく知らないのよね。それに、冒険者に根掘り葉掘り聞くのは礼儀に反するのよ。冒険者って自らの腕で、自らを立てている人達だから、出自とかを聞かれるのを嫌がる人が多いのよ」

「まぁ、そうなの？　それで、アナタ、まさかとは思うけど、アンフィル様の彼女ではないわよね？」

　そこが一番聞きたかったことのようで、彼女達の真剣な顔に慌てて首を横に振る。

「まさか、違うわよ！　わたしはただの依頼者よ。大きな町まで、彼等と一緒に歩かせてもらうことを、依頼したの。つい二日前からだから、親しいわけじゃないのよ」

　力一杯否定しても納得しかねる様子の彼女達に、小さく肩を落とす。

　どうやって言ったら納得してもらえるんだろう。実はあの人、外見に似合わずとっても意地悪なんですよなんて言っても、信じてもらうのは難しそうよね。

「あれ？　あんた、ウィルラ・イーベルじゃないか？　イーベル村のウィルラだろう」

　突然後ろから掛けられた言葉に、嫌な予感がして、ゆっくりとそっちを見れば。

　片足を軽く引きずったおじさんが、ひょこひょこと近づいてきた。

　わたしにアンフィルのことを聞きに来ていた女の子達が、それを見てそそくさと離れていくのを不審に思いながらも見送り、近くに来たおじさんに恐る恐る尋ねる。

「え、ええと。どうして、わたしのこと……」

「そりゃぁ知っているさ！　双剣のウィルラを知らない奴ぁここらじゃモグリだ。今日はあんた、冒険者と一緒だから他の奴らは気付いてないけどよ。俺も一度、共闘した時に一緒に居たんだぞ。ほら、あれはたしか二年前、俺もまだ膝をやってなかった時で――」

調子よく話し出したおじさんに、わたしはがっくりと肩を落とした。

二日も歩いたのに、まだわたしの名前が知られているなんて！　それに『双剣のウィルラ』ってなんなの？　まるでギルドの有名な冒険者みたいな二つ名、恥ずかしいっ！

羞恥に身もだえるわたしに気付かず、おじさんは調子よく話しかけてくる。

「そういや、熊退治には行かなかったのかい、ウィルラさんよ」

「え、ええ、わたしはお留守番よ。それより、わたしのこと、この村の皆、知ってるの？」

無邪気に聞いてくるおじさんに尋ねると、胸を張って「あんたが、あの双剣だと気付いたのは俺だけだろうな」なんて威張り、おじさんは更に無邪気におしゃべりを続ける。

「でも、冒険者になっちまったんだなぁ。イーベル村の有名人が、とうとう村を飛び出しちまうのかぁ。あんたのお袋さんも冒険者になるのは早かったし、遅かれ早かれだとは思っちゃいたが」

「あ、あのっ！　わたし冒険者じゃないわよ」

私は彼の思い込みを訂正しようとそう言ってるのに、彼はなにかを合点したように頷く。

「そうか、これからギルドに行くんだろう？　大きいギルドじゃないと、最初の登録ができない場合があるっていうもんな。うんうん、こういうことは慎重に進めるにかぎるからな」

「いいえ、あのね。登録に行くわけでもなくて、ね。だから、わたしが冒険者だとか――」

「あ、そうだよな！　まだ、冒険者じゃないから、おおっぴらにはしたくないんだな。いいねぇその、玄人魂」

聞く気、ないのね？　もしかして、彼女達が逃げたのって、これが原因じゃないかしら。

こっそりため息を吐いて、理解してもらうのを諦めた。

「そう、そうなの。だから他の人には言わないで欲しいの。せめて、わたし達が村から出るまでは、わたしがウィルラ・イーベルだって内緒にしておいてね、お願いだから」

渋るおじさんになんとか頼み込み、わたしの素性を他の人に明かさないように、若干脅すように約束をして。集会所に戻って荷物をまとめ直していると、村の中が騒がしくなった。

まだ昼にもなってないのに、まさかもう熊を捕まえてきたわけじゃないわよね？

急いで外に出ると、体格のいい村の男の人が四人がかりで、木の棒に吊した大きな熊を担いで先頭を歩き。その後ろを男の人達に囲まれ、しきりに話しかけられながらボルッツさんが付いてきて。村の若い女性達に取り囲まれたアンフィルが微苦笑を浮かべて歩いてくる。

「もう捕まえてきたんだ……」

それにしても……二人とも、モテモテね。

その他の村の人達と一緒に、近づいてきた一行を見ていたわたしのところへ、男の人達の輪の中からボルッツさんが抜けて来た。

「お疲れ様でした。随分早かったのね」

彼にねぎらいの声を掛けると、ニッと笑顔になった。

「おお。都合よく、村の近くまで下りてきてたからな」

「ええ本当に。最初の予定では、昼頃に奴の縄張りに入る計画だったのですが。早く済んでなによりでした」

いつの間にか、女性達の輪の中から抜けてきたアンフィルも会話に混じる。

「アンフィルも、お疲れ様」

「疲れる程ではありませんが。久しぶりにいい運動をしました」

本来は生死が掛かるような大仕事を、いい運動と言ってのけるアンフィル。

「熊を狩るのが、いい運動……？」

「おう、俺達に掛かれば、ざっとこんなもんだ」

ボルッツさんも、得意げに胸を叩いて見せた。……ボルッツさん、あなたもなの？

呆れて、言葉を失うわたしに。一緒に狩りに行っていた村の男の人達が、口々に二人の勇姿を教えてくれる。

「いやぁ、流石冒険者だよ！　俺達が手を出す前に、あっという間に二人で倒してくれたんだぞ！　あの戦いは、俺等にゃぁ無理だ」

「こう、熊の眉間のど真ん中に、ズドンと拳をめり込ませて、ふらつかせたところをとどめに喉笛をひと掻きだ。本当に見事なお手並みだったよ！」

熊に拳で殴りに行ったの？　ボルッツさん、力業にも程があるでしょ……。

でも、首を切ったっていう割には、二人とも返り血で服が汚れていない。どれだけ手際よくやったんだろう。折角だから、二人の戦いっぷりを見てみたかったな。

「いい熊肉も手に入ったし、これから宴会だぁっ！」

昼食時ということもあり、村長さんの景気のいい一言で、村の真ん中にゴザが広げられ、酒が出され、大急ぎで食事の準備が始まった。

「あんたも手伝って！」

という一声で、わたしも食事の手伝いに駆り出されたはずが、……狩られたばかりの熊を捌くことになっていた。

これって力仕事だから、男の人の仕事じゃ——ああ、皆もう飲んでるのね。

それじゃ、仕方ないわねぇ。下ろしていた髪を一まとめにして、ナーナ義姉さんから餞別にもらったナイフを取り出し、久々の大物と向き合った。

おばさん達の手を借りながら、皮を剥ぎ内臓を抜いて大きく切り分けて、風通しのいい納屋に掛けるところまで終わらせてお役御免となった私は、一緒に捌いていたおばちゃん達に連れられて、宴会の輪に入った。

　面倒見のいい彼女達に、宴会に出ていた食事をアレもコレもと勧められ、お腹がいっぱいになったころ。別の場所でそれぞれ、男性陣と女性陣に囲まれていた二人が、そこを抜け出して近づいてきた。

「ウィルラ、食ったら出発しようと思うんだが、大丈夫か？」

「勿論、大丈夫よ」

　二人が居ない間に、荷物を軽くしておいてよかったと、内心胸をなで下ろしながら立ち上がって。宴を抜けて二人と一緒に集会所に向けて歩く。

「あ、そうだ。昨日、祈り人を呼んできてくれたんでしょう？　どうもありがとう。それで、いくら掛かったのかしら、ちゃんと払うから教えて」

　首から下げている財布を胸元から引っ張り出して見せると、二人は顔を見合わせる。そしてボルッツさんはにっこり笑うと、財布を開こうとしているわたしの手を押しとどめた。

「祈り人には頼んだが、金は掛かってないから。財布はしまっとけ」

「あら、この村の祈り人は良心的なのね。ありがたいわ！」

　ボルッツさんに勧められるまま、ほくほくと財布を服の下にしまった。

　いくら荷物が売れてちょっと懐が温かくなったからと言っても、お金は有っても困らないものだものねっ。

集会所に戻ると、適当にまとめていた髪をざっと梳かしてから、歩いている途中で崩れないように丁寧に編み込んでまとめる。

「器用なものですね」

髪を整えるわたしに感心するようなアンフィルの言葉がかかって、少しくすぐったくなる。

「ふふっ、わたしこう見えても結構手先が器用なのよ。義姉さんに教えてもらって、豊穣祭用にって、小花をいっぱい刺繍したワンピースだって自分で縫ったのよ。髪を結うのだって、村で一番上手だったんだから」

珍しく褒めてくれた彼に嬉しくなって、つい色々しゃべってしまう。

それなのに……。

「しかし、その長さは旅には邪魔なだけですね。半分くらいでいいのではないですか？」

アンフィルの無粋な一言に、一瞬で顔が凍り付く。

「おいおい。アンフィル、お前、そりゃ――」

ボルッツさんが言い終える前に、わたしはアンフィルの形のいい鼻先に指を突きつけた。

「いいわけがないでしょう。今度、髪を切れなんて言ったら、ただじゃおかないわよ」

本当なら、剣を突きつけたいところよ。

彼の鼻先から指を引いて、荷物をまとめ直す作業をしようと、踵を返したところでドアがノックされた。

「ウィ――」

「すみません。村を出ると聞きまして、約束の報酬をお持ちしました」

アンフィルがわたしの名を呼びかけた声を遮るように、ドアの外から村長さんと思しき声が掛かり。

アンフィルは小さく息を吐きドアを開けに行くと、村長さんが娘さんを伴って立っていた。

村長の娘さんが着ているのは、わたしが一生懸命刺繍した小花が散りばめられた一張羅。胸元が少し緩かったらしく、応急処置として襟ぐりを縫い縮めてあるけれど、それほどおかしくなっていない。

わたしが丹精込めて縫っただけあって、大人っぽくてとても素敵な出来だわ。

心を込めて縫い上げた物だから、本音を言えば未練はあるけれど。腰を据えた先で、もう一着作るって決めて、手放したんだもの。きっと二度目の方が、うまく作れるわ。

「この度は、本当にありがとうございました。被害なく、討ち取れたのはお二方のお陰です」

村長さんはそう言って、アンフィルとボルッツさんに報酬の入った小袋を渡す。

「ウィルラさんも。熊を捌くのを、ほとんど一人でやってくれて、ありがとう。これ、みんなからお礼です。荷物がかさばるといけないから、あまり多くはないけれど。よかったら、途中で食べてね」

そう言って村長の娘さんが渡してくれた包みを開けば、中には美味しそうな干し肉が入っていた。香辛料のいい匂いがするから、これ絶対に手間暇掛かってるわよね。

「わぁっ、ありがたくいただきます！」

ホクホク顔で受け取れば、彼女も嬉しそうに微笑んでくれる。

「ウィルラさん、この服ありがとう、大事にするわね。私、今度結婚するの、その時に着ようと思っているの」

「まぁ！　おめでとうっ。幸せになってね！」

彼女はきっと最後にもう一度わたしに見せるために、着て来てくれたのよね。そんな彼女の優しさが嬉しくて。はにかんだ笑顔を浮かべた彼女に、わたしは心からの笑顔を返せた。

「それでは、あまりお引き留めしてもご迷惑でしょうから。皆様の、道中の安全をお祈りしております。近くに来た際には、どうぞまた寄っていってください」

村長がこちらを気遣って話を切り上げてくれて、わたし達はその心遣いに感謝しながら荷を背負った。

◆・◇・◆・◇・◆

村の人達の見送りを背に旅路に戻ったわたし達は、昨日までと同じように街道を歩く。

わたしに至っては、思い切って荷物を手放したのが幸いして、昨日よりもずっと楽について歩けた。

「荷物を随分軽くしちまったようだが、よかったのか？」

歩きながらボルッツさんに聞かれて頷いた。

「ええ、問題ないわ。旅に出る前、兄に荷物はもっと減らすように言われていたんだけれど。わたし、ちゃんとわかってなかったの。旅をするって、大変なことなんだって」

恥ずかしいことだけど、自分の未熟さを告白する。

「だから、あのね？　もしわたしが間違っていることをしていたら、注意してもらえる？」

「おお、いいぞ」

隣を歩くボルッツさんを見上げて聞くと、にかっと笑顔が返ってきた。

その笑顔にホッとする。

ボルッツさんは、男らしい格好よさがあって人当たりがいいから、男の人受けがいいし。アンフィルだって顔がよくて女性の受けがいいから、村に泊まる時に色々と優遇してもらえるし。二人とも、なんだかんだ言って、礼儀正しくて見習うところが多い。

ふふっ、この二人に同行をお願いできてよかった。

今日は昨日よりも、こまめに休憩を入れながら進んでいて。きっとわたしに合わせてくれているんだろうなと、ありがたく思いながらも「彼等の日程で歩くこと」という約束に触れていないか、少しドキドキしつつ、木陰に座ってボルッツさんと他愛のない話をしていた。

「別に答えたくないなら、答えなくてもいいが。ウィルラは結婚相手を探すために村を出たんだろう？　村には理想を満たす相手は居なかったのか？」

休憩の間に水を汲みに行くというアンフィルを見送ってから。わたしのことを聞いてきたボルッツさんに、少し考えてから口を開く。

「ええ、そうよ。ウチの村もそうだけど、近くの村にも居なかったわ。わたしの理想は、とっても高いんだもの」

わたしが強いから、誰からも恋愛の対象に見られなかった、なんて情けないことを言いたくなかったからじゃなくて。嘘を吐いてあとで辻褄(つじつま)が合わなくなったら面倒だから、武人であることを隠して答えた。

「へぇ？　それで、その理想とやらは、聞いてもいいのか？」

ボルッツさんにそう聞かれて、大きく頷いて指折り数える。

「わたしの理想は、一番にわたしを愛してくれること。それから、背が高くて、力持ちで、自分の仕事に誇りがあって、子供好きで、やさしくて、一緒に居て安心できて、わたしの作ったご飯を美味しく食べてくれて、毎日仕事に行く時と帰ってきた時に、行ってきますとただいまを言って、ぎゅっと抱きしめてキスしてくれて。――わたしとずっと一緒に居て、あたたかい家庭を築いてくれる人が、わたしの理想なの。だから、冒険者の人はまず外れるでしょ？　だって、仕事に出てしまったら、なかなか帰って来られないし。秘密厳守だから、どこに居るのかすら、わからなくなってしまうもの」

「まぁ、なぁ。だけど――」

「それだけ高い理想を満たす男など、居るわけがないでしょう。よしんば居たとしても、あなたはそのような男と自分が釣り合うと思うのですか？」

川から戻ったアンフィルが、ボルッツさんの言葉を遮ってそう言って、わたしの理想を鼻で笑った。

少し強い口調ではっきりと言った彼がなんだか怒っているようで、一瞬言葉が出なかったけれど。

ギュッと拳を握った腕を胸の下で組んで、睨めつけるように顎を上げて彼を見る。すぐにムカムカと、腹の奥から怒りが沸いて出てくる。

「なんでそんなこと、あなたに言われなきゃいけないのかしら？」

「ご自分の分をわきまえられていないようでしたので、つい親切心を発揮してしまいました」

小さく嗤うアンフィルの間近まで歩み寄り、にっこりと笑みを浮かべて彼を見上げた。

「へぇ？　それはそれは、ご親切に、どぉぉもっ！」

言いながら右の拳を握りしめ、左足を半歩前に出しながら腰を捻り、がら空きだった彼の脇腹に拳をたたき込んだ。

「ぐぅ……っ！」

　殴ってから素早く後ろに跳び退り、彼から距離を取る。

「言っていいことと、悪いことぐらい、考えなさいよっ！」

　脇腹を押さえながらの鋭い視線に睨まれるけれど、母の殺気混じりの視線に慣れているわたしには、殺気の乗っていない視線なんて、痛くも痒くもないわ。それに所詮女の拳だもの、そんなに痛手になんかなっていないのはわかってるんですからね！　殴った時の感触が板みたいで、こっちの手だって痛かったわよ。細い体なのに、殴った時に体がぶれなかったし。お綺麗な顔をしていても、流石は冒険者よねっ。

「お前等、そこまでにしとけよ。アンフィル、お前が言い過ぎたのが発端だ、殴られたのは大目に見ろ。ウィルラも、手が早いのはどうかと思うぞ？　もう少しお淑やかな方が、嫁のもらい手があるんじゃないか」

　ボルッツさんの指摘に、カーッと頬が熱くなる。そ、そうよね、お嫁さんになりたいのに、乱暴なんて、駄目なことよね。

「うっ……！　は、はい。ごめ――」

　ボルッツさんに向けて下げようとした頭を、止められる。

「謝る相手は、俺じゃないだろ？」

そう言われて、ぐっと詰まってからアンフィルの方に向き直った。

じっと見てくる彼に、謝りたくない気持ちを押し殺して、ゆっくりと頭を下げる。

「殴って、ごめ――」

アンフィルの両手が、わたしの頬を挟んでそれ以上、下を向くのを止めた。

「お互い様です。――さあ、もう行きましょう」

そう言って、さっさと荷を背負う彼に、わたしはどうすればいいのかと、ボルッツさんを見上げれば、苦笑が返された。――謝罪無用ってことで、いいのかしら？

「ほら、早く行きますよ」

先に歩き出したアンフィルに少し大きめの声で急かされて。慌てて自分の荷物を背負い、小走りで彼の背中を追いかけた。

次の町はそれなりに大きな町なんだと、ボルッツさんから教えてもらった矢先だった。

「金目の物を出せば、見逃してやる」

という、なんともありきたりな言葉を吐く盗賊達……いや、統一感も連帯感もなさそうな様子だから、ごろつきの集まりに違いないわ。

盗賊なら頭が居てそれなりに連帯感がある。目印におそろいのなにかを付けているのが普通だもの。それに正しく盗賊なら、こんな前口上は言わずに襲いかかるはずだわ。

ただ、一人だけ毛色の違う男が妙に気になる。

五人の少しだけ後ろ、まだらに髪を染め丸い眼鏡を掛けた、垢抜けた風に服を着崩した一番若そうな男。

他の五人には混じらず、だけど明らかに彼らの仲間としてそこに居て、こちらを見ている。

もしかして初仕事で様子見？　でも少しも緊張している様子がないし、随分場慣れした感じがするんだけど。

それにしたって、たった六人。こちらは格好からして帯剣しているし、冒険者とわかるはずよね。実力のわからない冒険者の男二人を相手にするのに、この人数は少ないわ。

もしかして女のわたしが足手まといになって、なんとかなるとでも思っているのかしら？

甘く見られていることにムカムカして、両脇に下ろした手をギュッと握り込む。

「なかなか粒ぞろいじゃねぇか、売りゃぁいい小遣いになりそうだ」

前に居た男の一人の、堂々と人攫いを公言する言葉に、横に居た厳めしい顔の男がそいつの頭を殴った。

「ただの小遣い稼ぎだっつってんだろ！　荷を奪うんだよ。人身売買はヤバすぎんだろうが」

「だってよぉ、絶対こいつら売った方が、いい金になるぜ？」

言い募る男の頭に、もう一度拳骨が落ちた。

奴隷を忌避するこの国で人間の売り買いは御法度。一人でも売り買いすれば重罪で、終身強制労働をさせられる。そして、万が一それに貴族が関わっていたら、その貴族は貴族籍剥奪の上、死刑となる。これはわたしが生まれるよりずっと昔に、国を揺るがすような大規模な人身売買が、貴族が黒幕で行われていた過去があるから。

うちの国は気候も良く、食べ物に困らない国だから、口減らしに子供を売ることもなくて。

だから、人身売買をするような下種な輩にその程度の刑罰を与えてもなんら問題ない。

——っていうのは、王都で兵士をしていた兄の受け売りだけど。

人身売買が大嫌いな兄に教育されたお陰で、わたしも同じように、許せない。

人攫いをほのめかした男が殴られて少しだけ胸がすっとしたけれど、置かれている現状はなにも変わらない。

「さっさとヤっちまおうぜ」

てんでんばらばらの武器を持った男達が、わたし達の正面に広がる。

わたしはどうしたらいいのかしら。ただ突っ立っているだけというのも、申し訳ない気がするんだけれど。

万が一、わたしのところまで来るのがいたら、わたしも応戦しなきゃ。

そう思って、いつでも動けるように両手を握って身構えた時、アンフィルに腕を掴まれ、後ろに追いやられた。

「危ないから、君は下がっていなさい」

アンフィルは男達の方を向いたまま、わたしを背に庇う。

――危ないから、下がっていなさい……？

え、ええと。これって、もしかして、わたしを庇ってくれているのかしら？

わたしが動揺している間に彼は荷を下ろし、ポケットから取り出した金属が付いている革のグローブをはめながら男達と対峙する。

「へぇ、きれいな顔の兄さんが相手してくれるのかい。そっちの体格のいい兄さんは、見てるだけか」

剣や鎌、ナタ等を持った男達が、にやにやしながら少しずつ近づいてくる。

「ご希望とあらば、相手をしようか」

ボルッツさんが男の言葉を受け、腰に下げていた剣を手にして、アンフィルの横に並び立った。後ろでその様子を窺(うかが)っていた丸眼鏡の男が顔を顰(しか)めたが、わたしが彼を見ていることに気付くと、表情を消し去り、ジッとわたしの方を見つめてきた。

眼鏡越しでもわかる、観察するようなその視線をわたしは真っ向から受け止める。

「たった二人で、お姫様を守り切れるかな？」

前でアンフィル達と対峙している男の一言に、思わず意識が眼鏡の男から外れる。

お姫様？　……それってわたしのこと？

わたしの前に立つ、二人の男性の背中を見てハッとする。そうよ、この状況は……っ！

ナーナ義姉(ねえ)さんから借りて読んだ、『姫と騎士達の恋物語』のあの場面にそっくりじゃない！

悪漢に襲われる姫を、多勢に無勢ながらも守って戦う、二人の騎士！　わたし、まるであのお姫様みたいっ。

そんな風に、不謹慎にも心の中で舞い上がっているうちに、戦いがはじまった。

「お前達を倒せばいいのだろう？　容易(たやす)いことだ」

ギシッと音をさせて拳を握り込んだアンフィルはそう言うが早いか、武器を構えている男達との距離を詰める。

男が咄嗟に振り下ろしてきた剣を、左腕で振り払いながら、男のがら空きになった腹部に右の拳を抉るようにたたき込んだ。

左腕で剣を払った時に鈍い金属音が聞こえたから、多分服の下に鉄板でも仕込んであったのだろう。

「ごふっ」

わたしのところまで聞こえたメキッという音と、白目を剥いた男の顔に、これで一人再起不能になったことがわかる。

腰に剣も下げているのに、そっちを使う気配はまるでない。剣を鞘に納めたまま、男達に拳をたたき込み、膝蹴りを腹にめり込ませる。

ええと……もしかして、熊を殴ったのって、ボルッツさんじゃなくて、アンフィルだったのかしら。

綺麗な外見を裏切る重い拳の音、そしてその好戦的な。いっそ泥臭いその戦い方に、呆気にとられながら彼の動きを見守る。アンフィルの固い拳が、重い蹴りが、流れるような動きで繰り出される。

わたしは武人だから、襲ってくる敵の前に立たされるのが常だったのに。

――いま、わたし、本当に守られてる……っ
自覚して、胸がドキドキする。

どうしよう、わたし、まるで普通の――

ガキンッ

金属の打ち合う音がすぐ頭上で鳴り、驚いて見上げれば。わたしに向かって剣を振り下ろしている眼鏡の男と。その男の剣を、横にした自らの剣の刃に左腕を添えて支え、振り抜かれるのを堪えているボルッツさんが居た。

「ウィルラ、避けろ」

低い声でされた指示に、慌てて剣の下から逃げ出してボルッツさんの後ろに回る。

「惜しいな。折角の人質だったんだが」

眼鏡の男が口元を歪ませると、ボルッツさんは体勢を整えて彼の剣を跳ね上げる。

「その割には、致命傷確実の剣筋だったが？」

「殺すつもりはなかったさ」

薄らと笑う男に、ボルッツさんが無言で鋭い突きを繰り出す。

そうだ、殺気を感じられなくて、剣が下ろされたのに気付かなかったんだ。

眼鏡のこの男……もしかして、凄く、強いのかも。背筋にぞくりと冷たい震えが走る。

いくら周囲に殺気が充満して気付きにくいといっても、こんなに近づかれるまでまるっきり気付かないなんて、そんな……そんな、こと。気付かなかった自分が悔しくて、唇を噛んで両手を握りしめる。

ギリッと握りしめた拳の中が熱くなる。

睨み付けた視線の先、眼鏡の奥の黒い目がわたしを見て大きくなり、楽しげに口の両端が引き上げられた。

挑発、されたっ。カッと頭が熱くなり、握りしめた手に剣を出そうとしたその時。私の視界をボルッツさんの背中が遮る。

「お前の相手は、私だ」

地を這うようなアンフィルの声と共に、剣を切り結ぶ固い音が聞こえ、頭に上がっていた血が一気に下がる。

腰に下げていた剣を抜いたアンフィルが眼鏡の男と剣を合わせたことで、男の意識がわたしから逸れた。はっとして周囲を見回せば、すでに男達のほとんどが地に伏して呻いていた。

辛うじて立っている男も、立っているのがやっとの様子だ。

握りしめていた手を開き、震えるその手を胸に抱きしめ。ボルッツさんの後ろから、二人の戦いの様子を見つめる。

「なんだ、やっぱりアンタ、剣も使えるのかっ」

眼鏡の男が、アンフィルと切り結んでいた剣を一度弾いて素早く距離を取ると、そのますぐにアンフィルに斬りかかって行く。

男の剣筋には迷いがなく、打ち合う剣は一撃一撃が重い音を立てている。

その剣を受けるアンフィルを見れば口の端が上がり、なんだか楽しそうに、すべての攻撃を受け止めていた。

「次は、こちらから行きますよ」

アンフィルはいつもより高く楽しげな声でそう宣言すると、防戦一方だった剣を攻撃に転じた。突き、切り、薙ぎ、多彩に繰り出される剣は、彼の秀麗な容姿に反して猛々しく眼鏡の男に襲いかかる。その剣を、間一髪で躱し、受けていく眼鏡の男。

二人とも、強い……っ。

「ちぃぃっ！」

アンフィルの猛攻に劣勢を強いられた眼鏡の男は後方に跳び退り、手に持っていた剣を大きく振り上げると、わたしとボルッツさんの方へ向け投げつけた。

「きゃぁっ」

真っ直ぐに飛んでくる剣に、思わず悲鳴を上げたわたしの前に剣を手にしたボルッツさんが立つが、こちらに届く前に、素早く移動したアンフィルに剣で弾かれた。

「引くぞっ！」

アンフィルにぼこぼこにされた男達は、眼鏡の男のその言葉を受けて、お互いに支え合いながら這々の体で逃げていった。眼鏡の男も、負傷して動けない男を両脇に抱えて逃げてゆく。

男達が見えなくなってホッとしたわたしは、そこでやっとボルッツさんの左手から血が流れているのに気付いた。

「ボ、ボルッツさんっ！　手っ」

さっきわたしを庇った時に、怪我をしたんだ！

血の気が引くわたしとは対照的に、ボルッツさんは呑気なもので。

「ああ、この程度の怪我、大丈夫だ」

「大丈夫じゃないわよっ」

血が流れている手を振るボルッツさんだけれど、大丈夫なわけがない。

ボルッツさんがぞんざいに扱う手を掴み、水筒の口をこじ開けて、水で傷口を洗い、持っていた布を裂いてその傷口をきつく縛った。

わたしがアンフィルの戦いに見入っていたから。わたしがぼんやりしていたから。わたしがもっと強くて、あの男の気配をちゃんと察知できていたら……っ。

「ごめんなさい！　ごめんなさいっ」

わたしが最初から剣を出してちゃんと戦っていれば、こんなことにならなかったかも知れないのに！

「ボルッツさん、手は握れる？　ちゃんと動く？」

泣きそうになりながら確認すれば、ボルッツさんは手を動かして見せてくれた。

当てた布に赤く血が滲んでいるから、きっと痛い。

「そう泣きそうな顔をするな、ウィルラ。この程度の怪我は、付きものだ」
そう言って慰めてくれる彼の優しさが辛い。

「あなたが怪我を負うなんて珍しい。明日は雨でしょうかね」

「ははっ、多分な」
近づいてきたアンフィルがそう軽口を言い、ボルッツさんもそれに笑って答えているんだけれど。わたしは、アンフィルの軽率な言葉に彼を睨んでしまう。
小さな怪我を甘く見て冒険者を辞めざるを得なくなった人の話を、両親からたくさん聞いてきたわたしは、怪我を軽く見ることなんてできない。この傷が腐ってしまって、冒険者を続けていられなくなることだってあるんだもの。
わたしのせいで、ボルッツさんが廃業なんてことになったらどうしよう。

「ボルッツさん、早く祈り人に治してもらわなきゃ。ねぇ、次の町はまだ遠いの？」
いくら祈り人でも、負傷したすぐでないと、祈りの効果はどんどん落ちてゆく。

「ウィルラ、大丈夫だ。腕のいい祈り人のあてもあるから」
大きな手が宥めるようにわたしの肩を叩き、そう言われたことで焦りが少し引く。

「本当に？」

「ああ、もう血も止まったし。俺が一番信頼している祈り人に治療を頼めるから、大丈夫だ。ご苦労だったなアンフィル。結局全部任せちまった」

そういえばボルッツさんが出る幕もなく、終わってしまった。アンフィルたったひとりで、全員を返り討ちにしたのね。

「あの人数じゃ肩慣らしにもなりませんがね」

「だろうな、俺も出番なしで物足りん」

服の埃を払いながら物騒なことを言ったアンフィルに、ボルッツさんが荷を渡す。

あれだけやって、まだ足りないっていうの？　ボルッツさんも、怪我をしているのに物足りないなんて。これが冒険者ってものなのかしら。

感心を通り越して呆れた目で二人を見れば、アンフィルとバッチリ視線がぶつかって。

……思わず顔を逸らしてしまった。

いつもは嫌味ばかり言うアンフィルが、さっきはまるで別人のようにかっこよく戦っていたのを思い出しちゃったから。

わざとらしく視線を逸らしちゃったけど、今更彼の方を見ることもできず、視線がうろうろと彷徨う。だって、あんなに強いなんて、思わなかったんだもの。

びっくり、そうちょっとびっくりしただけっ、だからこんなに胸がドキドキするのよねっ。

「――っていてもらった方が、都合がいいですけどね。早く来ないと置いて行きますよ」

「あっ、待ってよっ」

考えごとをしている時に声を掛けられ、前半になにを言っていたのか聞き逃してしまったけれど、置いて行かれそうになっているのに気付いて慌てて彼等のあとを追う。

そういえばさっきのアンフィル、なんだかキツイ口調だったけれど、もしかしたら戦闘中にぼんやりしていたわたしに怒っているのかも知れないわね……。

落ち込みそうになるのを奮い立たせ、彼の不機嫌に気付かないふりをして、疑問に思っていることを尋ねた。

「そういえば、あのごろつき達、逃がしちゃってよかったの?」

盗賊の討伐の時などはなるべく一網打尽にして、全員をお縄にするか屠（ほふ）るものだけれど。アンフィルは、一人も捕まえないまま逃がしてしまった。

「旅の同行者に、加えたくありませんからね」

「ああ、それは、確かにそうね。次の村か町までどれくらい掛かるのかわからないけれど、そこまで引きずっていくのも大変だものね」

無視をせずに答えてくれた彼にホッとしつつ。旅の途中なら、ああいう手合いの対処はそんなものかと納得して頷（うなず）いた。

◆・◇・◆・◇・◆

「今日はここで野宿にしましょう」

アンフィルの一声で、黙々と歩いていた足を止めた。

次の村か町に早く着いて、祈り人にボルッツさんの怪我を治してもらおうと思って、頑張って足を動かしていたんだけれど。

今日中には着かないということを、その時になってはじめて知った。

アンフィルが野宿すると決めた少し開けた場所に荷物を置く。この場所は、過去に何人も使っているのだろう、野宿した形跡が残っている。

「ボルッツ、薪を探しに――」

「はいっ！　薪はわたしが探しに行くわ！　ボルッツさんは、ちゃんと休んでて」

ボルッツさんに言いかけたアンフィルを遮って、名乗りを上げる。

せめてそのくらいはしないと、わたしの気持ちが治まらない。そんなわたしの気持ちを汲んでくれたのか、二人はすんなりと了承してくれた。

「ウィルラ、あんまり遠くまで行くなよ」

「わかってるわ」

「では、私は水を汲みに行ってきます」

そう言ってみんなの分の水筒を集めるアンフィル。わたしは道から真っ直ぐ登るように、山に入っていく。

ここが平地じゃなくてよかった。だって、坂道を上って薪を集めれば、山を下ればこの道へ戻れるってことだもの。平地だと簡単に迷っちゃうのよね。

少し奥に行くと、丁度よさそうな枯れ木が落ちている。細いものから、少し太めの薪も集めておこう。

枯れ木を集めながら、少し開けた場所に出た。木漏れ日の下で一息つき。ふと、ここなら剣を出してもバレないんじゃないかと思いついた。

あの時、あの賊相手に剣を出さなかった自分に腹が立つ。

お嫁さんになるためには、武人であることを隠すのは重要だけれど。そのせいで、誰かが怪我をしたり犠牲になったりするのは間違っているもの。

わたしは、手に持っていた薪を下に置き。後ろを振り向いて、彼等の姿が見えないことを確認する。よしっ、大丈夫そうね。

右手を前に出して緩く握って意識する。熱さを感じた次の瞬間、手の中には久しぶりの固い感触が出現していた。

次に左手にも同じように、大剣を出現させる。

「よかった、ちゃんと出せるわね」

これだけ何日も、剣を出さなかったことなんてなかったから、ほんの少しだけ心配していたんだけど、大丈夫だったみたい。

細身の長剣と大剣を手にし、両手に持ったその二本の剣を軽く振るう。

慣れ親しんだ剣の感触に安堵して、右手の剣を消す。

あの眼鏡の男に遅れを取った悔しさが、胸にふつふつと沸き上がる。

左手に残した大剣を両手で持って構え、立ち枯れた木に向かい合い呼吸を整える。

枯れ木にあの男の印象が重なった瞬間、腕を振り下ろした。

「しぃっ」

気合い一閃、剣を振るえば。眼鏡の男……もとい、細いその木は斜めに切り落ちた。

手から剣を消し、木を確認しに行けば。綺麗なその断面にホッと胸をなで下ろす。腕も鈍ってなくてよかっ……。そうじゃない、戦えないのは論外だけれど、武を磨く必要はないのよ。お嫁さんに行くのに、剣筋が衰えてないことに喜んじゃ駄目なのよ。最低限よ、最低限戦えればいいのよ。

町に着いたら、二度と剣を出さないんだからっ。

深く息を吐き出し、そう心に決める。

でも、物心ついた時から毎日稽古しているのよ。ずっと出さないなんて、我慢できるのかしら……。

いいえ。我慢するんじゃなくて、出さないのよ。しなきゃならないのっ。

でも、兄さんと、いざという時は躊躇わないって約束したわ。

だから、こうして誰も見てない時に、たまに確認しておかなきゃ。この旅の間だけ、町に着いたらもう出さないわ。結婚したら、もう絶対に、剣を出さないから——

足下に置いておいた、乾いた木切れを手早く集め、慎重に坂道を下る。

野宿する場所まで戻ると、すでにアンフィルが戻ってきていて、ボルッツさんと一緒に石を丸く並べているところだった。

「ただいま。このくらいでいい？　もっとあった方がいいかしら？」

「これだけあれば足りるでしょう」

アンフィルに言われて、石が丸く置かれた近くに抱えていた薪を全部下ろし、枯れ草や小枝の上に細めの木を山の形になるように置けば、彼が手早く火を付けてくれた。

「ウィルラ、水を使いたかったら、いまのうちに行ってきてくれ。足場が悪いから、暗くなると危険だ」

「わかったわ」

ボルッツさんの言葉に、すぐさま頷いて。布を数本持って、獣道を降りてゆくとすぐに川に出た。きらきらと日の光を反射する水面に、パシャンと魚が飛び跳ねる。

すでに日が傾き始めていたので、急いで上に着ていた薄手の長袖を脱いで、持ってきていた布を川で搾って顔や腕を拭く。

日が落ち始めるとすぐなので、さっぱりした体に上着を着て元来た道を上っていく。

すでに陰った足下に注意しながら歩いて行くと、黒い革のブーツが視界にはいった。

「遅いですよ。迎えに来ました」

「すみませんねっ、これでも急いだのよっ」

文句を返しつつ顔を上げれば、木の幹に手をついたアンフィルがこちらに向かって手を伸ばしている。

掴まれ、ってことかしら。

手と彼の顔を見比べて、恐る恐るその手に手を重ねれば。ぐっと力強く手を握られた。

家族以外の人と手を繋(つな)ぐの……はじめてかも。アンフィルの固い手のひらに、ドキドキと胸が高鳴る。

「あ、ありがとう」

小さな声で礼を言えば、彼はふいっと前を向いた。

「転んで怪我をされても困りますから。さあ、早く戻りましょう」

強い力に引かれ、するすると獣道を上る。ボルッツさんのように大きな筋肉をしているわけではないのに、力強い彼に手を引かれて安心してついて行けば、すぐに野宿の場所に戻った。

背を丸め、焚(た)き火で川魚を焼いていたボルッツさんが顔を上げる。

「おう、戻ったな。こっちはもう少し掛かりそうだ」

「遅くなって、ごめんなさい」

わたしがそう詫(わ)びれば、彼は気にするな、と笑ってくれた。

　アンフィルが獲った魚と、わたしが村でもらった保存食で夕飯を済ませたあと、三人で交代して火の番をすることになったんだけれど。

「ボルッツさんは怪我をしているんだから、しっかり寝ないと駄目よ！」

「い、いや、しかし、怪我は……」

　歯切れの悪いボルッツさんに、たたみかけるようにお願いする。

「怪我を甘く見ては駄目よ。もしかしたら、そのせいで今夜は熱が出るかも知れないわ。それに、わたしのせいなんだもの、わたしに償いをさせて欲しいの」

「ここまで言うのです。今日は休むといいでしょう」

　一生懸命頼み込んだのと、アンフィルも援護してくれたお陰で。渋々折れたボルッツさんの分の火の番を、わたしがさせてもらえることになった。

　わたしの正面の焚き火から少し離れた草の上にボルッツさんが横になり、アンフィルはわたしの右手側の木に凭(もた)れて目を瞑(つむ)っている。

　ぱちぱちと木の爆(は)ぜる音が夜の静寂に響く。

　日中の暑さが去って、夜の涼しさが心地いい。夜鳴く虫達の合唱が思いの外大きいけれど、ボルッツさんしっかり眠れているかしら。

　小枝で火を突き、両手で膝を抱いて、その上に頬をのせてぼんやりと考える。

旅に出てからずっと、歩くのに一生懸命だったし、夜は疲れてすぐにぐっすり眠っていたから、こんな風にぼんやりするのははじめてかも。

不意に不安が湧いてくる。

本当に結婚相手を見つけることができるだろうか。器量は悪くない、と思うんだけれど、でも少しキツめの顔だし。それにもしも、相手に武人であることがバレたらどうしよう……。

結婚する前なら、別れればいいのかも知れないけれど。もしも、結婚してから武人だとバレて……一緒に居られないと言われたら？　離縁されちゃうのかしら。

ぎゅうっと膝を抱く腕に力が入る。

義姉さんのようなナイフくらいなら、きっと受け入れてもらえるだろうけれど。わたしの持つ二本の剣は、受け入れられるようなものじゃないわよね。

膝を抱えていた両手を目の前に開く。

わたしはどうして剣を出せるんだろう。どうして、わたしだったのかしら。

もう何回したかわからない、答えのない問いを繰り返す。

弱くなった焚き火に太めの木を足して火から離れ、ぎゅっと両手で膝を抱えて燃える炎を見つめる。

家族以外でわたしの手を握ってくれる人は居なくて。

さっき、アンフィルが手を握ってくれたのは、わたしが武人だって知らないから。もし知ってしまえば、絶対に手を取ってくれるはずない。

手から剣が生えるわけじゃないのに、みんなわたしと手を繋ぐのを嫌がるんだもの。

幼い日、友達の手を取ろうとして撥ね除けられた時の痛みを思い出して、ぎゅうっと胸が引き絞られるような切なさが溢れ出し、勝手に涙が頬に流れる。

本当に、わたしと結婚……ううん、好きになってくれる人なんて居るのかしら。

そんなことを考えたら、押しつぶされそうな不安に、涙が止まらなくなる。

ぱちぱちと爆ぜる木の枝を眺めながら、ひとしきり涙を出し切り、擦らないように気を付けながら服に顔を押しつけて涙を吸い取らせる。

夜が更けて涼しくなったせいか、虫の声も静まってきた。

今日は少し肌寒いかも。うるさくしないように気を付けながら荷物を探り、もう一枚羽織る物を取り出す。ちょっと薄いけれど、焚き火の傍に居れば風邪はひかないわよね。

そう思いながら火に手を翳していると。ごそごそとアンフィルが起き出し、静かにこちらに近づいてきた。

「交代の時間です」

「まだ早いわよ?」

空に浮かぶ一番強い光を放つ星を見上げ、交代する時間がまだ先なのを確認してそう返せば、彼は無言でわたしの隣に腰を下ろした。

「一晩くらいなら、私一人でも平気ですよ」

「ありがとう、でも本当に大丈夫よ？　もう少し休んでてよ」

そう勧めたけれど、彼は一向に横になる気配はなくて、そのまま居座る。口論してボルッツさんを起こすわけにもいかないので、仕方なく口を閉じて膝を抱え直した。

「あなたは……」

暫く二人並んで火を眺めていたら、掠れた声でそう言って口を閉ざした彼。わたしは膝に頭を付けたまま横を向き、橙色の仄かな明かりに照らされる彼の横顔を鑑賞する。

本当に綺麗な顔。綺麗なのに、男らしく凛々しくて。

手だって、大きくて。口は悪いけど、優しくて。

これで彼が冒険者でなければ、好きになっていたかも知れないのにな。なんで冒険者なのかしら……。冒険者は駄目、だって、ずっと一緒に居られないもの。もう、待つのは嫌。

「わたしが、なに？」

先を続けるのを躊躇う彼に焦れて、促すようにそっと声を掛ければ、彼がゆっくりとこちらを向き、それからまたその視線が焚き火に戻る。

「あなたは、王都まで行くのですよね？」

そう尋ねられてはじめて、彼等が王都を通るんだと知った。

冒険者である彼等に、行き先を尋ねるのは悪いのかと思い、聞いていなかったけれど。考えてみれば、自分の落ち着く先だもの、王都に行くかどうかくらい確認しておけばよかったのかも知れないわね。自分の不手際に苦笑しながら、答えを待つ彼に頷いた。

「そうね、折角だから王都まで行きたいわ。この調子なら大丈夫よね？　ちゃんと荷物も自分で持って歩いているし、色目だって使ってないし、ね？」

念を押すようにそう確認すれば、頷かれた。

「ええ。いまのところは問題ないですね」

火に木をくべながらアンフィルが素っ気なくそう言う。ふふっ、なんとか及第点は取れているみたいね。

「もし足を引っ張ってしまったら教えてね。その時は、約束どおりにそこで——」

「そんな薄い上着だけじゃ、寒いでしょう」

そこでお別れするからと告げようとしたわたしの言葉を遮った彼は、一方的に言うと、自分の着ていた上着を脱ぎ。それを、丸まっているわたしの背中に掛けた。

「え、だ、大丈夫よ。アンフィルの方が寒そうだもの」

腰を上げて上着を返そうとしたわたしは彼にぎろりと睨まれ、その場にすとんと座り直す。

彼のぬくもりが残る上着は、とっても暖かくて、なんだか幸せな気分になる。

「ありがたく、お借りします」

小声でそう言えば、彼の視線が緩まり、そのまま火の方へ向く。

「最初から素直にそう言えばいいんですよ。君は、守られていなさい」

ぶっきらぼうにそう言われて。

嬉しいのに……武人ということを隠している後ろめたさで、胸が苦しくなる。

「――うん。ありがとう」

ぶかぶかの上着に袖を通し、もう一度膝を抱える。

「もう寝なさい。寒いのなら、ここで横になればいい」

でも、と言いかけた言葉を飲み込み。「そうする」と返事をして、アンフィルの隣で横になり、丸まって目を瞑った。

ボルッツさんの怪我も悪化することなく、翌日も同じ調子で歩き通し。
日が落ちる前に着いたのは、わたしが見てきた中で、一番大きな町だった。
密集して建つ家々は趣向を凝らして飾られ、多くの店が目抜き通り沿いに並び立ち、たくさんの人々が町に溢れていた。隣国との流通の中継地点として機能しているこの町は、独自の政策として商業に関わる税金が他所よりも低くて、それがこの町の発展の一助となっているのだと、ボルッツさんが教えてくれた。

町に入ると、まずは宿を押さえなくてはと急ぐ二人に急かされるように歩き、真っ直ぐに宿屋に入り、二階の隣り合った二部屋を押さえた。

この宿まで迷うことなく一直線に来たことから、彼らがこの町に来たのが、はじめてではないとわかる。そういえば、懇意にしている祈り人も居るって言っていたものね。

宿代を出そうとしたら、ボルッツさんに「料金の一部だ」と言われ、お金を受け取ってもらえなかった。確かに、安くはない依頼料だけど、宿代とかも入っているものなのかしら？

部屋へ上がる階段の脇で見張り番のように立つ厳つい男の人の前を通り、二階へと上がる。

「少し休んだら食事しに行きましょう。ここはしっかりした宿ですから、鍵さえかけておけば荷を置いていっても大丈夫ですよ。但し、貴重品は持って歩いてくださいね」

「わかったわ。用意したら、そっちの部屋に行けばいい？」

段取りを確認して、取ってもらった部屋に入る。

広くはないけれど掃除が行き届き、ベッド横のテーブルの上に洗面器と水差しも用意されていて、開けられた窓の縁には小さな一輪挿しに花が飾られている。

……絶対高い宿よね、ここ。荷物を置いていっても大丈夫、っていうくらいだし。

物珍しさに部屋の中を見て回り、荷物をベッドの下に置き、胸元にしまってある財布を確認してから、部屋を出て隣の部屋のドアを叩く。

祈り人のところに寄らなきゃならないから、早めの方がいいだろうと思ったのだけど。

部屋から出てきた二人は、少し意外そうな顔でわたしを見た。

「早かったですね。では食事に行きましょうか。どこにします？」

「肉が食いたいなぁ、あとは、久しぶりに酒も飲みたい」

アンフィルに話を振られたボルッツさんが口元を緩めながらそう言うと、アンフィルは肩を竦めた。その二人のやり取りに、慌てて口を挟む。

「ちょっと待って！　先に祈り人のところでしょ。ボルッツさんの手の怪我を治してもらわなきゃ……って、あら？」

言いながら、問題の彼の手に視線をやれば。すでに包帯は取れており、傷跡すらなくなっていた。

「あっ、ああ、すまんな。もう治してもらったんだ。ほら、綺麗に治っているだろ？」

そう言って見せてくれた大きな手を、まじまじと見たけれど。やっぱり跡形もなく、傷が消えている。

「あの傷が、こんなに綺麗に治るなんて」

「だから言ったろ？　俺が最も信頼している祈り人が居るって」

そう自慢げに言う彼に、納得して頷く。

「ほんとうに、素晴らしいわ」

わたしも傷は絶えない方だから。あの傷がまるっきり、跡形もなく消えるのがどれだけ凄いことかよくわかる。ボルッツさんが言うだけのことはあるわ。

「わかったのなら、食事に行きましょう。ボルッツは肉が食べたいのでしたね、では灼熱亭(しゃくねってい)にしましょうか。あそこは酒の種類も豊富ですから」

「おっ！　いいねぇ。じゃぁそこにするか。ウィルラもそれでいいか？」

「ええ。いいわよ」

同意して、二人について宿を出た。

それにしても。やっぱり、二人はこの町に詳しいのね。少し迷いそうな道を躊躇いなく歩いて行く二人のあとについて行きながら、日も暮れてきたのに活気の衰えない町並みをきょろきょろ見ながら歩く。

薄暗くなってきた大通りを通り抜け、明かりの灯(とも)る酒場の一つに入った。賑(にぎ)わっているその店の、空いていた四角いテーブルに三人で座る。

「ウィルラはどうする？　果実酒でいいか？」

ボルッツさんに聞かれて頷くと、それを聞いたアンフィルが料理とお酒を注文する。料理に先んじてテーブルに置かれたお酒を、ボルッツさんが水のようにごくごくと飲み干した。

「美味しそうに飲むわねぇ」

彼の飲みっぷりに感心しながら果実酒に口を付けた時、アンフィルがいつの間にか先回りして頼んでいたらしい二杯目のジョッキがテーブルに置かれた。

「お、流石はアンフィル。わかってるねぇ」

「どういたしまして。肉が入る分の腹は残しておいてくださいよ」

注意をするアンフィルに、楽しそうに二杯目のジョッキを空けるボルッツさん。

「ボルッツさんとアンフィル、二人ともまるで夫婦みたいに息が合っているわねぇ」

つい、思ったことを言えば。アンフィルに苦々しい顔をされた。

「そういや。なんで俺はさん付けで、アンフィルは呼び捨てなんだ？」

不意にボルッツさんに尋ねられ。少し言いにくいけれど、ボルッツさんから視線を外して小声で答えた。

「だって、ボルッツさんって、なんだか存在感があって、呼び捨てにはできないけれど。アンフィルは……すぐ意地悪を言うんだもの」

なんでだろう、いくら最初からボルッツさんが優しくて気さくでも、不思議と呼び捨てにするのは憚られるのよね。

でもアンフィルは、最初から嫌味を言って来て……すぐに呼び捨てにしていた。それに、本人にもいままでそのことを指摘されなかったから、そのままで来てしまったんだけれど。

「呼び捨ては生意気よね。今度から、ちゃんとアンフィルさんって――」

「なにを今更なことを。別に、そのままで構いませんよ。ボルッツ、肉が来ましたよ、冷める前に食べましょう」

甲斐甲斐しく、大皿の料理を取り分けてボルッツさんの前に置くアンフィル。呼び捨てを許されたことにホッとしながらも、あることを思い出して首を傾げる。

「そういえば、わたしアンフィルに名前で呼ばれたこと、一回しかないわよね」

熊退治を依頼された村で、足を洗った時だったかしら。確か、それ以外に名前を呼ばれた記憶がなくて、そう指摘すれば。アンフィルの顔から表情が抜け落ちた。

「……そんなに名前で呼んで欲しいのでしたら、いくらでも呼んであげますよ。ウィルラ、ウィルラ、ウィ――」

「もうっ！　わかったから、そんなに連呼しないでよっ。お肉、冷める前に食べるんでしょ、ほら、自分の分も取りなさいよっ」

子供みたいにむきになるアンフィルを慌てて止めて、ボルッツさんの分しか取り分けてなかった肉を、自分とアンフィルの皿にごっそりと取り分けた。

そんなわたしとアンフィルのやり取りを見て、ボルッツさんは喉の奥で楽しそうに笑う。

「いまだかつて、女の名を呼び捨てになんかしたことがない奴だから。まぁ、気長に待っててやってくれ」

「ボルッツ！」

諫めるように相棒の名を呼ぶアンフィルに、ボルッツさんの言葉が正しいことを察する。

へぇ……呼び捨てにしたことないんだ……？　それなら、まぁ、呼びにくいのも頷けるかしらね、ふふっ。

アンフィルはボルッツさんに口を尖らせているけれど。ガヤガヤする店内では、男二人が多少言い合っていても気にならない。

二人を差し置き、目の前の湯気が立つお肉を一口食べる。

「あら、このお肉、美味しいっ」

口の中に広がる肉汁に感動してしまう。ナーナ義姉さんのお料理も美味しいけれど、お店屋さんの料理は家庭料理とはまた違って美味しいわ。

「そうだろう。この町の肉料理はここが一番だ」

無骨な見た目を裏切る美味しい料理に、何度も頷く。

そうして、空腹を満たすことを優先させたわたし達が言葉少なに料理を食べていると、聞き耳を立てているわけではないけれど周囲のテーブルの、程よく酒が入って大きくなっている声が耳に入ってくる。

どこぞの貴族のお嬢様がお忍びでこの町に来ているとか。どこぞのパン屋の娘さんが結婚して傷心の男共が腐抜けているだの、今年は麦が豊作になりそうだのと。

黙々と食事しているだけでも、こうして地域の情報を聞けて結構楽しいものね。

そう思っていたのはわたしだけだったようで。ボルッツさんとアンフィルは、二人共ぴたりと、食事の手を止めた。

「ボルッツ、まさかとは思いますが」

「有り得なくはないな。万が一ということがある、俺は別行動にしよう」

　男二人がなにごとか話し合っているけれど、口を出す雰囲気じゃなかったので、わたしはおとなしく食事を続ける。

　料理を平らげ、一息吐くと。ボルッツさんから、用事ができたから数日この町に滞在すると告げられた。

「何日かかるかわからないが、町を見て歩くかなにかして時間を潰してもらえるか。目的地に着くのが遅くなっちまって悪いな」

　そうボルッツさんに謝られた。

「気にしないで。わたしの方は急ぐ旅じゃないんだから」

　そう答えながら、頬が緩む。こんな大きな町はじめてだもの、折角だから色んなお店を見て歩こうっと！

第四章　追う乙女

　今日は朝から夕方まで用事があるというボルッツさんとは別れ、アンフィルと二人で町に出かけた。町歩きなので、スカートの下にズボンは穿かず、いつも上に着ている薄い長袖の上着も脱ぐ。

　これだけでも随分雰囲気は変わるけれど、折角こんなお洒落な町を歩くなら、あの村で売っちゃったワンピース、着たかったなぁ。

　いつもより丁寧に髪を梳いて編み込み、お洒落な町の目抜き通りの店先を冷やかしながら歩くわたしの傍には、帯剣こそしていないけれど、旅の最中と同じ装いをしたアンフィルが付いてくる。

　旅装と変わらないのに町中でも浮かないのは、彼の顔立ちもあるかも知れないけれど、それよりも立ち姿が洗練されているからかも知れない。

　彼は一緒に歩いている割に、案内してくれる様子がないので。それならわたしの好きなように見て歩いてもいいってことね、と勝手に解釈することにして、気になるお店を片っ端から見て歩いている。

色々な物が溢れていて、見ているだけでもとっても楽しい。

ふと、無言で付いてくるアンフィルを目の端に入れて、疑問が湧いてきた。

そういえばもしかして、護衛？　こんな町中でも、護衛ってするものなのかしら？

そもそも、わたしの依頼って、目的地に着くまで同行させて、っていうものだから、護衛なんて含まれないわよね？

あれ？　でも、アンフィル、守られてなさい、って言ってくれたから、その延長で守ってくれているってこと？

んんっ、よくわからないけど。ただ、一つ言えることは。一人で来た方がよかった、ってことかしら……。

アンフィルと二人で歩いているだけで、女性の視線を集めて落ち着かないのよね。彼には友好的だけれど、わたしに対する敵意が凄いんだもの。

ただ一緒に歩いているだけなのに「釣り合わない」「あんなの、どこがいいのかしら？」「ちょっと胸が大きいだけじゃない」なんて、聞こえよがしに言われてウンザリ。

「ねぇ、いつもこの調子なの？」

わたしをあんなの呼ばわりしてきた女性を睨み付けてから、半歩後ろを歩いていたアンフィルに振り向いて尋ねる。

彼は表情の乏しい顔でわたしを見下ろし、頷いた。あら、彼もげんなりしてるのかしら。

「そうですね。今日はあなたが居るお陰か、声を掛けてくる人間が居ないので随分歩きやすいですが」

これで、歩きやすいんだ？　こんなのが日常茶飯事なんて、なんだか可哀想かも。

そりゃこんな無愛想な顔にもなるわね、うんうん。思わず心の中で納得してしまう。

「なにに頷いているんですか」

隣に並んで来て、不機嫌そうにわたしを見下ろす彼に、曖昧（あいまい）に微笑（ほほえ）んでお茶を濁（にご）す。

「それにしても大きな町よね。わたし、こんなに大きな町ってはじめて来たわ」

並んで歩きながらそう話しかけると、彼はなにか言いたそうにわたしを見下ろしてきた。

「なに？」

言いたいことがありそうな彼を促す。

「王都まで、ですよね？」

彼に念を押すように言われ、そういえば最初に、王都がいいけど、通りかかる大きな町があればそこでもいいって言ってあったのよね。

それを考えれば、この町も悪くないわね。

大きいし、綺麗（きれい）だし、活気があって町の人達も生き生きしているし――

「王都まで行くと、約束しましたよね」

わたしが町を見渡して考えていることなんかお見通しのように、彼が少しだけ怖い顔をして念を押してくる。

「でも、わたしが居ない方が、あなた達の旅がはかど――」

言いかけて、彼の視線が更に険しくなったので口を閉ざす。……ほんのり殺気まで混ぜなくていいじゃない。

母さんの殺気で多少慣れているからいいけど、普通の女の子なら、泣くわよ。

「二人が迷惑じゃないなら、王都まで行くわ」

「では、王都まで、ですね」

ということは、迷惑じゃないってことよね。

殺気を消して表情を緩めた彼に、遠巻きに見ていた女性達から、ほぅっとため息が零れる。

アンフィルが見られているっていうのはわかるけれど、なんだかわたしまで一緒に監視されているようで嫌な気分。

「ねえ、折角出てきたけれど。もうそろそろ帰りましょう？　なんだか全然落ち着いて、見て歩けないんだもの」

もういい加減、女性からの視線に晒されるのが辛くなってきたわたしは、彼を見上げてそう提案してみた。

「おや、この程度で音を上げるなんて。見掛けによらず、案外神経が細いんですね」

わたしを見下ろして、わざとらしいくらいに綺麗な微笑みを浮かべた彼が、その表情のまま毒を吐く。

……それは、わたしの神経が太く見えるって言っているのかしらね？

「うふふ、心外だわ。わたしはとっても傷つきやすい、繊細な心を持つ乙女よ？」

にっこりと笑みを作って、彼に小首を傾げて見せる。

「おや。繊細な乙女が、結婚相手を探して勇ましく旅に出るとは知りませんでした」

そう言って私を見下ろして作っていた、美々しい笑みを深めた彼に、周囲の女性達が

「きゃぁ」なんて黄色い悲鳴を上げた。

きゃぁ、じゃないわよ。この人ったらこんな綺麗な笑顔しているけど、言っている内容は酷いんだからねっ！　八つ当たり気味に彼女達をひと睨みしてから、彼に顔を戻す。

「勇ましいとは、失礼ね。あのね？　待っているだけじゃ、幸せはやってこないのよ。だからわたしは、自分で幸せを、探しに行くのよ」

彼とわたしの間に人差し指を立てて、挑戦的な笑顔をしてみせると、彼は上っ面に乗せた笑顔の口元を小さく震わせた。

「あなたの幸せというと、温かい家庭を作ることでしたか」

「ええそうよ。素敵な旦那様をみつけて、温かい家庭を作るのよ」

そういえば以前、彼に理想が高いというようなことを言われたわね。

またなにか言い返されるのかと身構えた時。

「アンフィル！　アンフィル・レヴィザ！」

甲高い女性の声がわたし達の背中にぶつかった。

振り向くまで呼び続けそうな勢いの声に、彼の顔が苦々しげに歪む。気のせいでなければ、小さく舌打ちまでしていたわね。

「アンフィル！」

「ちょっと、アンフィル。あなた、呼ばれてるみたいよ？」

嫌な予感がする声の方を見るのが怖くて、視線を前に向けたまま、小声で彼に訴える。

「残念ながら、私にも聞こえていますよ。まったく……」

彼は小さくため息を落としてから、後ろを振り向く。その顔は無表情。殺気が出ていないのが嘘のように、刺々しい空気を出している。

彼の様子を訝しく思いながら、わたしも恐る恐る後ろを向いた。

そこには、ふわふわとした金髪のかわいらしい顔立ちのお嬢様が、勝ち気そうな目を潤ませて豪奢なドレスの胸元で祈るように両手を重ねて立っていた。

その後ろには、彼女よりも少し薄い色味の金髪をきっちりとひとまとめにした、色気のない暗い色の服を着た女性がひっそりと付き従っている。

「やっと、やっと、見つけましたわ、アンフィル。本当に、探しましたのよ……っ」

お嬢様はそう言うと、人目も憚らずアンフィルへ体当たりするように抱きついた。

……なに、このヒト。

多分、わたしと同じくらいの年齢だろうに。こんな往来で恥ずかしげもなく、男の人に抱きつくなんて。いい年をして、そんなはしたないことをする女性に、言葉を失ってしまった。

わたしだけでなく、周囲の人達も何事かと様子を窺っている中で、彼女はまるで悲劇の主人公のように。棒のように突っ立っているアンフィルをかき抱く。

「ああ、やっと見つけましたわアンフィル、――愛しい、アンフィル」

涙さえ流しそうな勢いで、彼にすがりついて言った彼女の一言に、キリッと胸が痛んだ。

愛しい、アンフィル？　もしかして、彼女はアンフィルの恋人……いえ、このアンフィルの態度を見ればそれはないわね。じゃぁ、一体どんな関係なのかしら。

「ねぇ、早くわたくしの護衛に戻ってきてくださいな。あなたが居ないと、わたくし寂しくて寂しくて、仕方がありませんの」

……愛してるって言いつつ、護衛？　これだけ熱烈な抱擁を一方的にしておいて、護衛っていうのはどういうことなのかしら？

「申し訳ありませんが、私はいま他の仕事に掛かっておりますので、ご依頼をお受けすることはできません」

棒立ちになっているアンフィルは、彼女の芝居じみた甘ったるい勧誘の言葉を、至極冷静な調子で拒絶する。

どうせなら、彼女の手も拒絶すればいいのに。なんで、されるがままなのかしら。

「依頼ですって？　おかしいわね。前の依頼が終わって戻るところだって聞いていましたのに……。まぁいいわ、その依頼、わたくしが買い取って他の者にさせますわ、それならば問題ないでしょ？　ねぇ、どんな依頼なのかしら？」

まるで名案だとでも言うように、弾むような声でそんなことを言う彼女に、彼は冷たい視線のまま口を開く。

「依頼内容を口外するようでは、冒険者を名乗れません。それに、申し訳ありませんが、以前もお伝えしましたように、もうあなたからの依頼をお受けすることはありません」

きっぱりと言うアンフィルに、彼女はみるみるうちに青い目を潤ませ、言葉を詰まらせる。

「そんな意地悪を言うのはやめて……っ。ねぇ、あなたと、わたくしの仲ではないの」

……どんな仲なのかしら？　これだけ親しげに、べたべたしているんだから、実はそういう仲ってことかしらね。もしかしたら、元恋人同士だったり？

なんだか胸がむかむかとしてくる。いま迂闊（うかつ）に口を開いたら、アンフィルを罵（ののし）ってしまいそうで、ぎゅっと口を結んだ。

「そうだわ。こんなところで立ち話も無粋（ぶすい）ですわね。どこかでお食事でもしながら、お話を致しましょうよ。わたくし、あなたにお話ししたいことが、たくさんありますのよ」

華奢（きゃしゃ）な手がアンフィルの腕にするりと絡（から）み、そのまま彼を連れて行こうとする。

ちょっと！　わたしっていう連れが見えないの！

内心憤慨しつつも、冒険者をやっている両親から『貴族には関わったら駄目』と言い含められ。王都で兵士をしていた兄からも、『機会があったとしても、貴族には極力関係するな。こっちが馬鹿を見るだけだ』と脅されているから、なんとか口を出すのを我慢していると、わたし以外のもう一人の部外者。貴族のお嬢様の後ろに従っていた女性が、二人の前に出てアンフィルと連れて行こうとする彼女を止めた。

「イラハンナ様、本日は領主様との晩餐がございますので、もう屋敷に戻りませんと、時間に遅れてしまいます」

メイド服の女性が落ち着いた声でそう指摘すると、イラハンナと呼ばれたお嬢様は、世にも恐ろしい形相でその彼女を睨みつける。

「マベリン！　いつも、場の雰囲気を読みなさいと言っているでしょう！　どちらが大切か、見ればわかるでしょう！」

侍女らしき女性をそう怒鳴りつけると、ころりと表情を変えてアンフィルの方に向き直り、先程よりも甘い声音で彼にすり寄る。

「本当に武人というのは気が利かなくていけませんわ。アンフィル、あなたの後釜として雇った人なのですけれど、あなたと違ってちっとも気が利かなくて。気分を悪くしたでしょう？　ごめんなさいね」

武人は気が利かない、ですって？　へぇ……、武人や獣人を差別する人間が居るというのは聞いたことがあったけれど、本当に居るものなのね。

両手をギュッと握り、拳に力を込める。

武人は体から剣を出せるってだけで、体力も頭も普通人と変わらないし。獣人だって力はあるけれど、頭は普通人と同じ。だから、彼女にどんな根拠があって、そういう差別をするのか理由がわからないわね。

思わず熱のこもった両手を開いて、手のひらの熱を逃がしてから軽く揉む。

ああ、もしかしたら。武人や獣人は冒険者や肉体労働をする人が多いから、頭が弱いような言われ方されちゃうのかしら？　普通人の冒険者の方が、圧倒的に人数が多いのにねえ。

こんなところで剣を出すわけにはいかないのはわかっているけれど、熱くなっちゃうわね。

「武人ですか、それは素晴らしいではありませんか。ですが、そのことをこんな往来で、口にすべきではないでしょうね。折角の利点を殺してしまうことになる」

彼が武人を嫌っていないことにホッとしつつ、お嬢様にムカムカと腹が立ってくる。

そうよ、そうよっ。他人がぺらぺら人前でしゃべることじゃないのよ！　そんなの常識よ？

アンフィルの冷静な指摘に、お嬢様は顔を輝かせる。

「まぁ！　流石はアンフィルだわ。よくわかっているのね。やはり、わたくしにはあなたのように強く博識な護衛が必要なの。ああ、そうだわ！　今日の晩餐に一緒に出席しましょうよ。

そうよ、それがいいわ。アンフィルはわたくしをエスコートすればいいわ。ふふっ、急いで服を用意させなくてはね」

自分の思い付きに、目を輝かせるお嬢様を冷めた目で見てしまう。

護衛をしている武人が、自分の武器を隠すなんて当たり前じゃない！　名の通った冒険者なら、得物が知れ渡っていたりするらしいけれど。自分の出せる武器を、わざわざ公言する武人なんて居るわけないじゃない。

それに、なんなのよ。彼の都合も聞かずに、晩餐に出席させるとか！　エスコートさせるとか勝手に話を決めてっ。彼の顔を見なさいよっ！　どう見たって拒絶してる顔でしょ。こっちまでとばっちりで凍り付きそうな程の冷たい顔じゃない。

わたしが内心イライラを増幅させていると、至極冷静な声音でマベリンさんが彼女に声を掛けた。

「イラハンナお嬢様、この時間からお客様が増えるのは先方に失礼になりますので、それはお控え（ひか）ください。領主様も奥方様も、お嬢様との会食を大変楽しみにしていらっしゃいます。どうか、本日はお戻りください」

彼女は、お嬢様にあんなことを言われたのに言葉を荒げることもなく、主人であるお嬢様に深く頭を下げてもう一度促した。

美しいその所作や柔らかな表情は、お嬢様よりもずっと貴族のお嬢様っぽい。

「ふん、仕方ないわね。ごめんなさいね、アンフィル。あとで使いをやりますから、明日にでも一緒にお食事をしましょう。詳しいことは、その時改めて、ね？」

お嬢様はアンフィルに向かって膝を曲げて美しく一礼すると、去り際になってはじめてわたしに目を向けた。見下すような視線でじっとりと私を睨んでから、近くに止めてあった馬車に乗り込んで行ってしまった。

なんなのよ、最後のあの目！　凄く嫌な感じ！

馬車が見えなくなるまで見送り、アンフィルに顔を向けた。

「あの人、あなたの彼女？」

随分性格が悪そうだけど。という言葉は飲み込んで、聞いてみる。

「そう見えたのでしたら、あなたの目は節穴でできているのでしょうね」

酷く不機嫌そうに、遠回りな否定をするアンフィルに、呆(あき)れながら頷く。

「ああ、そう。違うのね」

「折角、楽しんでいたのに、水を差されました。今日はもう宿に戻りましょう」

「そうね。宿に戻……」

——ん？

宿に向かって歩き出したアンフィルと並び、思わず彼を見上げてしまった。

「ねぇ、あなた。楽しんでたの？」

特に楽しそうでもなく、淡々とわたしに付き合ってくれていたから。てっきり、仕事の一環として、渋々付いて来てくれているのだと思ってた。

ちらりとわたしに目を向けた彼は、すぐに視線を前に向ける。

「私達があなたから受けた依頼は、目的地までの道中を共にすることです。いまは町で逗留中なので、該当しません」

ということは、アンフィルは依頼じゃなくて、自分の意思でわたしに付き合ってくれているっていうこと？

それは、ちょっと……嬉しいわね。

実は少し、嫌われているんじゃないかと思ってたから。

彼は冒険者だから、恋愛の対象にはできないけれど。でも、折角一緒に旅をするなら、仲良くできた方がいいもの。

「じゃぁ、よかったわ。楽しいのが、わたしだけじゃなくて」

彼の嫌味も、実は機嫌のいい表れだったりするのかしら？　わたしも彼との言葉の応酬を、嫌じゃなくなってきたし。

宿に向かって歩きながら、周囲のお店の様子を見て歩き、妙に静かになった隣に気付いて、彼を見上げる。

「どうしたの？　アンフィル。なにか気になるものでもあった？」

「いえ。やっぱりもう少し町を見て歩きましょうか」

どうやら機嫌が直ったらしい彼の提案を受けて、そのまま夕飯時まで町を散策した。

お嬢様の衝撃が大きかったせいか、先刻よりも他の人の目が気にならず、楽しく町を歩くことができた。

翌朝、宿の食堂で三人揃って朝食を食べ、部屋に戻ろうとした時だった。

「伝言を預かっております」

そう言って、身なりのいい店員から四つ折りの紙がアンフィルに差し出された。

「……ありがとうございます」

アンフィルがそれを受け取り、その場では開かずに部屋のある階に上がった。

自分の部屋に戻ろうとしたわたしを、ボルッツさんが止める。

「ウィルラも、ちょっとこっちに来てくれ」

「――わかったわ」

自分の部屋のドアから手を離し、ボルッツさんが開けてくれているドアをくぐる。

「椅子がないので、ウィルラはこちらのベッドにでも座ってください」

先に部屋に入って、窓枠に凭（もた）れて先程の紙に目を落としていたアンフィルに言われて、入って右側のベッドに浅く腰を掛けた。

向かいのベッドにボルッツさんが座り、読み終えたアンフィルが紙を渡す。

「まぁ。そうだとは思ったが、なかなか行動が早いな」

読み終えたボルッツさんから紙を渡され、躊躇（ためら）いながらそれに目を通す。

丁寧（ていねい）な文字で書かれたその書き付けは、やっぱりあのお嬢様からアンフィルへの、昼食のお誘いだった。

「よし、行ってこい」

そう言ったボルッツさんに、窓枠に凭れたままのアンフィルは仕方なさそうに頷いた。

「わかりました」

「大丈夫なの？　まかり間違って、あのお嬢様に、なにかされたりってことはない？」

アンフィルに紙を返しながら、心配になってそう尋ねれば。驚いたように彼の目が少し大きくなった。

「アンフィルが強いっていうのはわかってるけど。でも、万が一ってあるじゃない。ほら、権力で無理強（じ）いされたりとか」

そう言い募れば、わたしから紙を受け取った彼はそれを服の内側のポケットに入れ、代わりに銀色の徽章（バッジ）を取り出すと、それをわたしの手の上に乗せた。

これ、ギルドの徽章……っ。滅多なことでは他人に見せることも、ましてや触らせることなんてしないものなのに。

わたしの指で作った輪程の大きさの銀のそれを受け取り、両手で大切に包んで見れば、隙間なく表面に彫金されている小さな模様の集まりに目を見張る。

金・銀・銅の徽章というのが大まかなランクの目安。そして、手柄を上げることによって増えていく小さな彫金で彼がどの程度の強さなのかわかる。

中の上。それも、もう金の徽章になっていてもおかしくない程に埋め尽くされた彫金は、まるでこの徽章が一つの芸術作品のようにさえ見える。

上級の冒険者は貴族からも一目置かれるようになる、っていうのは誰でも知っていること。

彼はそれ程の実力者だった。

「ご覧の通り。私なら、大丈夫ですよ」

そう請け合った彼の手に、そっと徽章を返す。

「強いってことは、わかったわ」

「俺もまだ用事が片付かないんだ。悪いが今日はウィルラを一人にさせちまうが大丈夫か？」

ボルッツさんが申し訳なさそうにそう言うから、わたしは大丈夫だと示すように、笑顔で頷いて、立ち上がる。

「わたしなら平気よ、適当に町を散歩してくるから。じゃぁ、夕方までに部屋に戻っていればいいかしら。頑張ってね、アンフィル」

どんよりした顔の彼をねぎらうと、恨めしそうな目で見られてしまった。

「うーんっ」

自室のベッドに転がり、仰向けで大きく伸びをしてから。コロンとひっくり返り、俯せになって枕を抱き込んだ。

わざわざわたしにまで、伝言を見せてくれたのはなぜなのかしら。

それに、大切な徽章まで触らせてくれて。

んー……、わたしを試した、っていうのが一番有力かな？　あとは、わたしに信頼感を与えるとか、かしら。

でも、わたしは一時的な旅の同行者っていうだけの人間よ。それも一応、依頼という形で、金銭のやり取りだってあるわけだし。

ランクの高い冒険者であればある程、そういったけじめはきちんとつけるはず……なんだけどなぁ。

「――うーん……」

考えたってわからないわね。どうせ、旅の間だけの付き合いなわけだし。あまり気にし過ぎるのも、時間の無駄かしら。

どうせ時間を使うなら、楽しく町の散策をしている方が有意義よね。

よしっ。今日は一人で、好きなように見て歩こう！

勢いを付けて起き上がり。少し乱れてしまった髪を丁寧に梳いて、今日は編まずに、そのまま背中に流した。

身繕いしてから宿を出て、昨日歩いた大通りの店をゆっくりと冷やかして歩く。

洒落た衣料品店で流行の服を眺めたり、雑貨屋で珍しい小物を見たり。だけど、荷物を増やすわけにはいかないから、見ているだけで買うことはしない。

ひとしきり店を冷やかし、町の中央にある広場に出ている露店で、濃く味付けした肉を挟んだ蒸しパンを買って、近くにあったベンチに座ってそれにかぶりついた。

味の薄い蒸しパンに、甘塩っぱく煮込まれたお肉の汁がしみて、とっても美味しい。

昼も近いせいか、わたし以外に何人も露店で買い物をして、日向ぼっこをしながら昼食を食べている人達が居る。

今日は暑くも寒くもなくて、丁度いい天気。

ギシッとわたしの座っているベンチが軋み、隣に誰か座ったことに気付いたけれど、敢えて気にせずに食事を続ける。

不意に隣に座った人の手が伸びてきた。

「綺麗な髪だな。こうして下ろしているのも、似合ってる」

首筋を撫でるように、髪に触れられ。思わず飛び退きかけたけれど、脇腹に当てられた固い刃の感触で、体が強張る。

ゆっくりと横を向けば、派手な髪色をした丸眼鏡の男が親しげな様子で、こちらを向いて座って居た。こいつ……っ、あの時のごろつき集団に居た奴じゃない！

あの時のように服を着崩した彼が、楽しそうににんまりと口の端を上げる。

「なかなかいい肝の据わり方をしている」

派手な髪と特徴的な眼鏡のせいで、まともに顔を見たことはなかったけれど。眼鏡の下に隠れている目は睫が長く下に色っぽいホクロがあり、すっと伸びた鼻筋に、吹き出物一つないキメの整った肌。アンフィルの顔で慣れているとはいえ。男の整った目鼻立ちを、思わずまじまじと見てしまった。

「そんなに珍しい顔か？　君んところのあの色男を見てれば、他の男なんてそこらに転がっている石に等しいだろう。今日はあの二人は一緒じゃないのか？」

世間話をするようにわたしに聞いてくるけれど、脇腹に当てられている抜き身のナイフがグッと押し当てられ。答えを急かす。

「見てのとおり、一緒じゃないわ」

「彼等は、冒険者なんだろ？　ランクは？」

　一度緩められたナイフが、もう一度グッと脇に押し当てられる。ああ嫌だ嫌だ、素直に口を開くしかないじゃない。

「詳しいランクはわからないけれど、自己申告では中ランクらしいわよ。わたしは彼等に、目的地までの同道を頼んだ依頼者なだけだから。それしか知らないわよ」

「ふぅん。中ランクか」

　面白くなさそうに零される声と共にナイフは仕舞われたが、代わりに髪の毛を一房掴まれ、くるくると捻って遊ばれる。

「まぁ、男なんざどうでもいいんだけどね。なぁ、アンタ。オレと一緒に仕事しないか？」

　突然そんなことを言いだした男の真意がわからない。

「生憎と、盗賊のまねごとなんかする人と、仕事なんかできないわ」

　弄ぶ男の手から、髪の毛を取り返す。

　男は深追いもせずに髪から手を離し、その手をベンチの背もたれにまわした。

「心外だな。オレの本業はもっと別だよ。君が仲間になるのなら、すぐに教えるんだけどな」

「じゃぁ、不要です。どうぞ他を当たってください」

　きっぱりと断れば、男の目が楽しそうに弧を描く。

「なぁ、なんでアンタに声を掛けたか聞かないのか？」

「別にそんなこと、どうだっていいわ。それより近過ぎよっ、もっと離れて」

こっちは彼に背を向けるのが怖くて、ベンチから立つことができないのに。それをいいことに距離を詰められる。

まるで恋人同士のような距離に嫌悪が湧き、できる限りベンチの端に寄るけれど、その分だけ更に距離を詰められた。

「アンタ面白いねぇ。オレに靡きなよ、オレは優しいよぉ？」

右手を取られ、男の節くれ立った長い指にくすぐられるように手のひらを撫でられ。気持ち悪くて、その手を振り払って男を睨み付ける。

男は楽しそうに、ニィッと口の端を上げる。

「いいねぇ、その目。自覚はあるかい？　アンタのそれ。戦う力がある人間の目だよ」

ギクッと体を強張らせたわたしに、男は余計に楽しそうになる。

「剣を使う手だ。体も締まってる。そして、武器を携帯していないのに、恐れが薄い。アンタ……武人だね」

腰を抱かれ、顔を近づけて囁かれ、鳥肌が立った。

「──っ。こんなか弱い乙女にむかって、酷い言い掛かりだわ」

そう言って肩を押し返せば、思いの外すんなりと離れてくれた。

「オレが欲しいのは、戦力になる女だ。気が強いのは少し厄介だが、アンタはきっと強いだろう。是非オレの仲間になって欲しいところだが」

言いながら立ち上がり、わたしを見下ろす。

「まぁいいさ。また会うこともあるだろう。もし気が変わったら、いつでも声を掛けてくれ」

「有り得ないわ」

即答したわたしに、彼は声を上げて笑い歩き去った。

危険なにおいがプンプンする男の仲間になんてなるわけないでしょうっ。

でも、あいつ。わたしが武人であることを、あっさり見抜いた。そんなに簡単に、わかってしまうものなのかしら……。

手のひらを見れば、剣を握る部分が固くなっている。

これのせい？　いままで手を触られたことなんてないから、気にしたことなかったけれど、見る人が見ればすぐにバレるのかも知れないわね。

……このままじゃ駄目だわ。この手をなんとかしなきゃ、お嫁さんになれないわ。

泣きそうな気分で、ぎゅっと手を握り込んでベンチを立った。


「はぁっ」

ため息を吐きながら宿に戻ると、疲れた表情のアンフィルとかち合った。

お嬢様との昼食に出かけていたのに、日が傾きはじめているこんな時間まで食事をしていたのかしら？

「お疲れ様。いままで掛かったの？」

「ええ」

二階への階段を上がりながらそう聞けば、頷かれた。

「ウィルラも、疲れているようですね。なにかありましたか？」

「え、あー、うんちょっと……ね」

あの男に勧誘されたことは、自分が武人であることを言わなきゃ説明できないから一瞬躊躇(ためら)ったけれど。あの眼鏡の男のことを隠していて、あとでなにかあってもいけないと思い直して、無言で続きを待ってくれるアンフィルに伝えることにした。

「あのね、この町に入る前に、盗賊みたいな奴らに襲われたでしょう？　その中の一人。ええとほら、アナタといい勝負をしてた、眼鏡の男が居たでしょ？　あいつに会ったのよ」

部屋の前の廊下でそう告げれば、彼の表情が引き締まる。

「やはり、この町にねぐらがあるようですね。あとでボルッツにも伝えておきましょう」

そう言った彼に頷く。やっぱり、言っておいてよかった、このままあいつが接触してきた理由を聞かれなきゃいいんだけど……。

「そういえば、お嬢様とのご飯どうだったの？　美味しかった？」

話を逸(そ)らすの半分、あとは好奇心でそう聞けば、彼は目に見えてウンザリした顔をする。

「食事は……食べる相手によって味が変わるということを、再確認できました。ボルッツは明日まで戻らないので、あとで一緒に夕食に行きましょう。今日はとことん飲みたい気分なので、付き合ってくれませんか？」

彼のそのお願いに、一も二もなく飛びついた。

「あら奇遇ね。わたしも飲みたい気分なの、今日はがっつり飲みましょうね」

飲んで、あの眼鏡男のせいで溜まった鬱憤を解消するのよ！

◆・◇・◆・◇・◆

わたしとアンフィルは帰って来た時とは対照的に、意気揚々と町へと繰り出して、彼に連れられて入った小さな酒場で、二人で軽く夕飯を食べながらお酒を口にする。

ああ、このお店のお料理も美味しいわ。鬱屈した気分も晴れていくってものね、ふふっ。

「そういえば。なんで、アンフィルは、わたしにも丁寧な言葉を使ってるの？」

嫌な顔をされるかも知れないと思ったけれど、ずっと気になっていたことを尋ねれば。彼はグラスを傾けながら、案外すんなりと教えてくれた。

「こういう商売をしていると、色々な立場の方を相手にしなければならないんですよ。――私は不器用な人間なので、人を見て話し方を変えるなんて器用なことはできませんから。いつも丁寧な言葉を使っていれば、誰と会話しても問題が起きないでしょう?」

「不器用なの?」

驚いて聞き返せば、苦笑いを返される。全然そうは見えないけれど……もしかしたら、言葉遣いで痛い目を見たことがあるのかしら。

ふむふむと納得してから、串焼きになった野菜を串から抜いて食べる。丁度いい塩加減と焼き具合で、野菜の甘さが引き立っていて美味しいわぁ。

アンフィルが注文してくれた、甘めのお酒も美味しいわね。酒場ってだけあって、お酒の種類が豊富で。知らない名前のお酒ばかりで、戸惑っていたわたしに、彼はこの酸味と甘みの程よい果実酒を選んでくれた。

酒精は強くないけれど、チビチビと味わって飲む。

「あなたは、聞かないんですね」

「なにが?」

感慨深そうにそう言った彼に首を傾げる。

わたしが、人の話を聞かないって話かしら? いや、でも説教するような雰囲気じゃないから別の話?

「核心の部分についてですよ。いまだってあなたは、もっと詳しく聞くこともできるはずなのに、それをしない。いまだけじゃなく、いつもあなたは深入りせずに話を切り上げる」

お酒が回ってきたのか、いつもより饒舌な彼に、わたしも隠すことはせずに素直に身の上を明かす。

「詳しく聞くもなにも。だって、あなた、冒険者じゃない。言ってなかったかしら？　ウチの両親も冒険者なのよ。だから、最低限の礼儀は心得ているわよ。冒険者の身の上は詮索しないってね」

二人のこと、気にならないわけじゃないけれど、礼儀に反することをするつもりはない。だって、わたしはただの依頼者で、彼らとは目的地までの付き合いだもの。

「ああ、ご両親が冒険者なんですか。なるほど、納得できますね」

感心したような彼の声に、彼から視線を逸らしてグラスの甘いお酒を舐める。

「そうよ。だからわたし……」

だからわたしは冒険者とは結婚しないの、とは。冒険者である彼を相手に続けることができずに、お酒と一緒に言葉を飲み込んだ。

「だから、なんです？」

折角濁したのに続きを促す無神経な彼に、チリッと胸が焼けるように痛んで。聞きたいなら聞かせてやろうと口を開く。

「だから、わたし。冒険者の人とは、結婚したくないのよ」

「なぜですか」

　案の定、機嫌を悪くした様子で聞き返してくる彼。

　ほら、やっぱり言わなきゃよかったじゃない。折角、言葉を濁してうやむやにしようと思ったのに。今更だから、腹をくくって全部教えることにする。

「子供のころね、ずっと待ってたのよ。冒険者として、ギルドの仕事に出ていた父と、母を。いつ帰るのかわからない、もしかしたら仕事で命を落としたんじゃないかなんて、縁起でもないことまで考えながら。ずっと……ずっと待ってたの」

　口にすれば、当時の切ない感情が胸に湧き上がり。ぐっと奥歯を噛みしめ、溢れそうになる思いを胸の奥に押し込める。

　彼はテーブルに肘をついてジッとわたしを見つめた。

　殺気はないけど、射るようなその鋭い視線に居心地が悪くなる。

「解せません」

　彼の零した言葉に、わたしの眉間が寄る。

「解せないって、なにが？」

「幼いあなたに寂しい思いをさせ、且つ、冒険者嫌いにさせたご両親に怒りが湧くのですが」

　真っ直ぐにそう言う彼に、面食らい。更に続けられた言葉に呆れる。

「なぜ怒りが湧くのでしょうかね」

「知らないわよそんなこと。あなたの気持ちの問題でしょ、わたしに聞かないでよ」

がっくりと肩を落として、グラスに残っていたお酒を飲み干して椅子から立ち上がる。

「ちょっとお手洗い、行ってくるわ」

「まだ飲みますよね？　飲み物、適当に頼んでおきますよ」

そう言ってくれた彼に頷く。

「あ、そうだ、お肉の串焼きも食べたいな」

「わかりました、頼んでおきます」

彼が店員のおじいさんに注文をしている間に、お手洗いを探しに店の外に出た。


すっきりして、店に戻ろうとしたところを、あのお嬢様の護衛である女性に捕まった。

「私、マードレイ家に仕えております、マベリンと申します。申し訳ありませんが、イラハンナ・フィル・マードレイ様があなたをお呼びです。少しお時間をいただけますか」

柔らかな微笑みを浮かべ、丁寧に腰を折る彼女に思わずため息が零れる。

「……連れに断ってきてもいいかしら？」

無理だとは思いつつ尋ねれば。案の定、駄目ですとの答えが返り、脇腹にそっと固い物を押し当てられた。

先刻まで無手だったわよね？　これが武人である彼女の武器だとすれば、それ程大きくない物ね。彼女の動きもそれなりに訓練はしているようだけれど、正直に言って、母の方がずっと強そう。とはいえ、武器を突きつけられている状態では、わたしが不利なのは間違いない。剣を出すより先に、脇腹を抉られちゃうわ。

焦る気持ちを落ち着けるように、両手を軽く握ったり開いたりを繰り返す。

「随分なお迎えね」

「申し訳ございません。主人にくれぐれもと、言われておりますので」

慇懃な彼女の誘導で、酒場から少し歩いた先にある、大通り沿いの高級そうな料理店に連れて行かれた。

明らかに、わたしのような身なりの者が入るような場所ではない。店内の高級感に圧倒されながら店の奥にある、品のいい調度品で華やかに飾られた個室へと通されて、わたしは目的の人物の前に立った。

昨日と同じように華やかなドレスを着て、機嫌の悪そうな様子を隠しもしない彼女に、思わず零れ出そうになったため息を飲み込む。

目の前のテーブルには目にも美しい料理がところ狭しと並び、それらは少し手を付けられたような跡は見られるものの、ほとんど減った様子はない。

まさかとは思うけれど、この皿全部彼女のために用意されたものなのかしら？　もしかしてわたしのことを食事に誘って……くれているわけはないわね。

「遅かったじゃない。泥棒猫を捕まえるのに、時間が掛かりすぎよ。食事が終わってしまったじゃないの」

　豪華な椅子に座っていたお嬢様が立ち上がるそぶりを見せたので、わたしの横に立っていたマベリンさんが、慌てて彼女の後ろに行き椅子を引く。

「遅い！　本当にのろまなんだからっ」

　キンと高い声でそう言うと、テーブルに引っかけていた華奢な日傘の先でマベリンさんの足を打ち据えた。

「申し訳ありません、イラハンナ様」

　痛かったのか、少し眉をひそめつつ彼女が腰を折って謝罪する。

「少しは学習をなさい。誰があなたに服を与えているの？　食事は？　靴は？　言ってご覧なさいよ」

「それは、イラハンナ様の、お父様です。――くっ」

　そう彼女が言い切ると、今度はお嬢様に腰を打ち据えられ、小さく苦痛の声を上げた。

「本当にお前は馬鹿ね。お父様ではなく、わたくしでしょう？　いつだってわたくしの一存でクビにできるってわかっているの？　あなたを雇ってあげている恩も忘れて。なんて口の利き方かしら」

「――申し訳ありません、イラハンナ様」

　膝を折り、最上の礼の形を取った彼女を可哀想に思いながらも、怪訝(けげん)に思う。

いくら雇われの身でも、ここまでされて黙っているのはおかしいんじゃない？　もしかしてお嬢様か、その親になにかとんでもない弱みでも握られているのかしら。

「欲しいのは謝罪じゃなくってよ？　行動で示しなさい」

「申し訳ありません」

もう一度、床に付く程深く頭を下げる彼女に、お嬢様は溜飲を下げたのか、今度はわたしに向き合い、日傘の先を向けてきた。

「お前がアンフィルと一緒に居た女ね。どんな理由で彼の傍に侍っていたのかは聞きません。わたくしがお前に命じるのは、もう二度と彼の傍に近寄るな、ということだけです」

「お断りするわ」

顎を上げて見下す視線で言う彼女に、わたしは胸を張り顎を引いてきっぱりと言い捨てる。

ろくに面識もない相手を、お前呼ばわりする人間なんかの意見を聞く必要性は、これっぽっちもないもの。

「お黙りなさい。お前に発言は許していませんよ」

堂々と答えたわたしの右肩に、彼女の持つ日傘の先が押しつけられる。

振り払うことはせずに、日傘の先を押し当てられたまま、彼女を見つめる。

ギリギリと肩に傘の先が押し当てられて痛みはあるけれど、痛そうな顔をするなんて悔しくてできない。

「イラハンナ様っ、おやめください」

主人の蛮行にマベリンさんが声を上げるが、彼女の主人はその声を黙殺して、わたしに向けてにこりと笑いかける。

「そうねぇ。平民の分際でわたくしに反抗する、その気概は悪くありませんわ。それで、いくら欲しいのです？　金貨五枚でよろしくて？」

へぇ、わたしがお金ほしさに断ったと？

確かに金貨五枚は大金で魅力がないといえば嘘になるけれど、生憎とわたしの自尊心はお金なんかじゃ買えないのよね。

「お金は要らないわ。だって、わたしは彼と離れる気はないもの」

依頼が終わるまでとは続けずに、そう言い切れば。彼女のかわいらしい顔が歪む。

「やはり平民は、物わかりが悪いものなのね。本当に嫌だわ、こうしてわたくしが直々に話をしている意味も理解できないのですもの」

彼女の細い手に力が入り、肩に押しつけられた傘の先が、グリッとねじ込まれる。

あいたたたっ！　短気で短慮なお貴族さまも、救いようがないと思うわよっ。

そう言いたいのを、ぐっと堪えて、右肩に押しつけられる日傘の先を左手で掴んで外す。

「ねぇ、どうすれば理解してくれるのかしら？　人間の言葉がわからない者の躾け方なんて、わたくし習ってこなかったもの」

指先を頬にあて、口の端を上げる彼女に。わたしも同じように口の端を上げて笑みを作ってみせる。

「なにを笑っていらっしゃるの？」

「いえ、わたしも似たようなことを思っていたの。あなたとはきっと、言葉が違うんだって」

笑顔を引っ込めてそう言えば、彼女の口元がぴくぴくと引きつった。

日傘を握る細い手に力が入り白くなる。

「イラハンナ様！　それ以上はなりません！　父君に報告しますよ！」

彼女の手が振り上げられる間際、マベリンさんの声が鋭く警告する。

「くっ！」

振り上げかけた手を必死の形相で堪えたお嬢様は、日傘から手を離し、テーブルの上のグラスを持ってわたしの前まで来ると、おもむろにわたしの頭上でグラスをひっくり返して、中身をすべてわたしにぶちまけた。

目の前に滴る水滴を舐めれば、ワインの味がする。

「貴族のお嬢様は口ではなく、行動で会話するって知らなかったわ。わたしは平民なので、口で会話するしかできないの。申し訳ありませんけど、会話が成立しないのなら、帰らせていただきますね。連れも待っていますので」

にっこりと笑い、踵を返して個室を出る時になって、お嬢様がお待ちなさいとかなんとか叫んでいたけれど無視をする。

来る時は少し萎縮していた高級料理店だったけれど。帰りはワインに濡れたまま、紳士淑女の間を堂々と歩き、早足でアンフィルが待っているはずの酒場へ向かう。

ああ本当に腹が立つ！　どうにかして、あのお嬢様に一泡吹かせられないかしら。

お嬢様が、これでもかってくらい悔しがる方法っ……ああっ！　あるじゃない。ふふふっ、とってもいい方法が。

自分の思い付きにわくわくしながら酒場のドアを開ければ……よかった、まだ居た。

もしかしたら、先に帰ったかもしれないと危ぶんでいたけれど。彼は琥珀色の液体を揺らして見ていたグラスから顔を上げ、わたしを見つけると眉を顰めた。

「ウィルラ一体ど――」

髪からワインを滴らせているわたしを見上げ、言いかけたアンフィルの言葉を、間近まで寄って人差し指で止めてから。景気付けに、テーブルの上に置いてあったお酒をグイッと呷り、濡れた唇を手の甲で拭い。わたしを見上げている彼の目をヒタリと見下ろす。

「アンフィル。あなた、いまからわたしと付き合ってちょうだい」

ワインが滴る髪を掻き上げ、ニッコリと口の端を上げて言い足す。

「ああ、買い物に付き合うとかじゃないわよ。お付き合いよ、男女のお付き合い。いいわね、わたし達はいまから恋人同士よ」

拒否は許さないんだからと、彼の切れ長の目を見つめて宣言すれば。彼はわたしの腕を引いて、自分の隣の椅子に座らせ。ハンカチを取り出してわたしの髪を濡らすワインを拭きながらため息を零した。

「望むところ――と言いたいですが。それだと、あなたに迷惑がかかります。イラハンナ嬢がらみ、なのでしょう？」

おとなしく髪を拭かれながら、彼を見上げれば。諭すように言葉を続ける彼の顔に、諦めの色が浮かんでいる。

「あれは貴族です、やろうと思えば、我々を潰すことなんて簡単なのですよ。あの手合いは、放っておくのが一番いいんです。迂闊に煽れば、なにをされるかわかりません。私だけならまだしも、あなたを巻き添えにはできません」

らしくない、全然らしくないわよね、アンフィル。

「ねぇ、なんでそんなに弱気なのよ？」

髪を拭いてくれる手を掴んで、彼の目を見つめる。

答えず、ただ見下ろしてくるその目にニコッと笑顔を向け、掴んでいた手を離す。

「大丈夫よ。こっちからなにか仕掛けたりはしないわよ？　わたしとあなたがお付き合いするだけじゃない。いい年した男女なんだから、誰に憚ることもないでしょ。それとも、フリをするのも嫌なくらい、わたしのこと……キライ？」

「嫌いではありません」

ちょっと泣きそうな気分で聞いた言葉を、即座に否定してくれた。

ホッとして、頬を緩める。

「なら、決まり。わたし達は、いまから恋人同士よ」

「私の話、聞いていましたか？」

呆れたように問われて、彼からハンカチを取り上げて自分で濡れた胸元を拭う。

「勿論、ちゃんと聞いていたわよ。わたし、売られた喧嘩は買う主義なの。でもアンフィルのせいでもあるんだから、協力してもらうわよ。恋人同士がいちゃいちゃしてるのを、たまたまあなたに懸想してる貴族の女性が見ていても、そんなの別に不敬罪じゃないものね？」

だめ押しに彼の目をじいっと見つめ、彼が折れて頷くのを待つ。

彼は無言で色々考えているようだったけれど、一度目を伏せ次に瞼を上げた時にはもう腹をくくったようだった。

「そうですね。あなたが了承してくれるのでしたら、ありがたく、あなたの恋人の座に納まることにしましょう」

柔らかく微笑んだ彼の表情に、思わず顔に熱が集まる。

見慣れてるのに！　もう何日も一緒に居て、すっかり見慣れたはずの顔なのに、なんでこんなに胸がドキドキするのかしらっ。

思わずハンカチで顔を覆ったわたしに、アンフィルが怪訝そうな声を掛けてくる。

「ウィルラ?」

「なんでもない、なんでもないわよ」

そうよ、フリだけだもの。恋人同士のフリをするだけ! ふりふりふりふり!

呪文のように何度も胸の中で唱えて、顔を隠していたハンカチを外す。

「まだ、濡れていますよ。大事な髪なのでしょう」

わたしからハンカチを取り上げたアンフィルが、丁寧にわたしの髪を拭ってくれる。

その手つきがとてもやさしい。

「ありがとう。そうだ、まだ時間も早いし、もうちょっと飲みましょうよ」

折角だからもう一杯飲もうと誘うと、すんなり受け入れられ。彼の手には琥珀色のお酒が、わたしには、彼が注文してくれた酒精の薄い果実酒が渡された。

「わたしも、もっとキツイお酒も飲んでみたいわ」

甘いそのお酒を一口飲んで、なんだか子供扱いされている気がして、ちらりと彼の手元の琥珀色のお酒に目を向けたけれど……目が吸い寄せられたのはグラスじゃなくて、顔に似合わず固そうな彼の無骨な手。そういえば、あのごろつき達を倒したのも拳と蹴りだったわよね。

素手で戦うのが好きみたいだったし。見た目を裏切る人よね。

あんまりじっと彼の手元を見ていたから、その手の中のお酒を飲みたいように見えたらしく彼が苦笑いして、そのグラスをわたしの方に押しやってくる。

「一口だけですよ」

「いいの？」

折角そう言ってくれるのだからと、彼の手から琥珀色のお酒を受け取り、頷いた彼を見てからそっとグラスを持ち上げ、小さく口を付けた。

「――っ。こ、濃いのね」

舌を刺す刺激に、ちょっと言葉が出なかったわ。だって、村じゃこんなに濃いお酒なんてなかったんだもの。

小さく笑ってグラスを受け取った彼は、平気な顔でその琥珀色のお酒に口を付ける。

「少しずつ慣れるものです。私も昔は、風味もわからずに飲んでいましたよ」

「そうなの？　それならわたしも、少しずつ慣れてみようかしら」

口直しに果実酒を舐めながらそう言えば、とろりとした彼の視線がわたしを見つめているのに気付き、どぎまぎする。

「慣れたいのなら、私の飲んでいるのをわけてあげますから。他の人のグラスから飲んではいけませんよ」

「な、なんで？」

どぎまぎしたまま聞き返せば。それには答えずに、わたしのグラスに手が伸びてくる。

「私にも一口いただけますか？」

「いいけど……甘いわよ？」

小さく笑った彼の手がわたしのグラスを取り上げ、口元に運んでゆく。

彼の唇が、わたしの唇が触れていたグラスの縁に触れ、ゆっくりと傾き、中の薄紅色のお酒が彼の唇に吸い込まれ、形のいい喉がこくりと上下した。

彼の唇を離れたグラスが、わたしの手の中に戻ってくる。

「たとえば、私が他の女性の飲み物をこうして飲んだら。ウィルラはどう思いますか？」

酷く艶めかしい仕草でお酒を飲んだ彼の意図を察して、頬が熱くなる。

彼の唇が触れた場所に、他の女性の唇が触れるなんて……嫌、かも。

「わ、わかったわよ。あなたのを分けてもらうことにするわ」

「あなた、じゃなく、名前で呼んでください。恋人同士なのですから、アルと」

テーブルに片肘をつき、その手の上に頬を乗せた彼が、隣に座るわたしを目を細めて見下ろし、まるで本当の恋人を見るように愛しそうな目をしてそう言う。

真っ正面からその視線を受け取ってしまい、お酒のせいだけじゃなく体の熱が一気に上がってしまった。

あ、アンフィルって凄いわね。まるで役者さんみたいに、見事な恋人っぷりだわ。ランクの高い冒険者ってこうなのかしら。

「アンフィル、だからアル？」

彼の視線に速くなる鼓動を持て余しながらそう聞けば、微笑んで頷かれる。

「ええ。恋人ができたら、是非そう呼んで欲しいと思っていたのですよ。ウィルラも、なにか希望はありますか？」

そう聞かれたので、両手で包んだグラスに視線を落とし、ちょっと照れながら小さく呟く。

「そ、そうね。……ハニーがいいかしら」

「それは、無理ですね」

即、却下された。

「なんでよっ、希望を聞いてきたのはアンフィルの――」

言い終わらない唇を、彼の指先に押さえられる。彼の視線が言い直しを求めているのに気付き、彼の指が離れてから仕方なくもう一度言い直す。

「アル、が希望を聞いてきたのに、なんで却下するのよ」

唇を尖らせる。

「ハニーというのは、不特定多数じゃないですか。私はウィルラ、あなただけを呼びたい」

なるほど……って納得していいのかしら。

さっきから、ずっと顔が熱くて、手の甲で頬を冷やしながら彼から視線を外す。

「じゃぁ、ウィルラのままでいいわよ」

「仕方ありませんね。ウィルだと男っぽいですし、ルラでは幼すぎてあなたには似合わない、やはりそのままにしましょう」

彼がそう納得して、内心で憮然とする。わたしだって昔から色々考えていたのよ、彼氏ができたらどう呼んでもらうか。

でもやっぱりウィルラって呼び捨てにされるのが、一番耳障りがいいのよねぇ。

わかっていたこととはいえ。結局名前に戻って、ほんの少しだけがっかりしてグラスに視線を落としたわたしの手の上に、彼の固い手のひらがそっと重なった。

日中あの男に、手のことを言われたせいで、ギクリと強張ってしまったけれど。大丈夫、手のひらじゃないから、と言い聞かせて彼に視線を向ければ。

わたしの視線を、彼の真っ直ぐな目が捕らえた。

「ウィルラ」

やさしく低い声で、とても大切な物のようにわたしの名前を呼んだ彼に、胸の奥がじんと痺れた。恋人同士のフリ、フリなんだから、ドキドキしちゃ駄目だったら。

「な、なに?」

「素敵な名前なんですから、そんな寂しそうな顔をしないでください。ウィルラ」

そう慰めるように言うと、わたしの手の甲を撫でた彼の手が離れて行く。

離れるぬくもりが惜しくてぴくりと動いてしまった手が恥ずかしくて、なんでもない顔をしてグラスのお酒を一口飲んだ。

「そ、そういえば、恋人同士のフリってどうすればいいのかしら？　わたし、誰とも付き合ったことがないから、どうすればいいのかわからないんだけど。アルはわかる？」

「誰とも付き合ったことがない、というのは本当ですか？」

少し驚いたように聞かれて、問題はそこじゃなくて、どうやって付き合ってるフリをするかでしょ、と言いたくなったけれど。真剣な彼の目に、素直に頷いてしまう。

「仕方ないじゃない、誰も自分よりつよ――じゃなくて、ウチの村の男共は見る目がなかったのよ。別にわたしに問題があるわけじゃないわよ」

ちょっと剣が出せるのは、男女のお付き合いをする上でなんの問題にもならないわよ。そんな些細なことを気にする男共が悪いんだからっ。

武人ってことを隠している引け目はあるけれど、恋人同士のフリだけなんだしと割り切る。

「ウィルラの村の男に、見る目がなくて良かった」

「なんでよっ。そのせいでわたし、結婚相手を探しに村を出なきゃならなくなったのよ」

武人でも問題ないっていう気概のある男が居れば、村で結婚できたのに！

「誰もウィルラのよさに気付かなかったから、私達は出会えたのに。感謝こそすれ、怒る気はしませんね」

そう言って指先を取られ、目を見つめながら指先に口づけられて、心臓が破裂するかと思う程ドキドキと大きく鳴り響く。

　恋人同士のフリなのに、まるで本当に好きでいてくれているような彼の態度に、顔が熱くなり、動けなくなる。

「ゴホンゴホンッ」

　わざとらしい咳払いに驚いて顔を上げれば、店員であるおじいさんがわたし達の後ろに立っていた。

「お二人さん、他の奴らの目の毒じゃけ。いい加減にせんと他の客から皿ぁ飛んでくるぞ」

　小さな声でそう忠告したおじいさんは、注文を取りに他のテーブルに行ってしまった。

　わたし達は顔を見合わせてから、おじいさんの忠告に従って酒場をあとにした。


　宿までの帰り道。夜風が火照(ほて)った顔に心地よくて、ゆっくり歩くわたしに、アンフィルも歩幅を合わせてくれる。

「もうっ。いくら恋人同士のフリだからって、指先にキスなんて恥ずか――」

　言いかけたわたしの腰に彼の手が回り、自分の方へ引き寄せると耳元に顔を近づけてきた。

「アルっ！　話を――」

「あとを付けられています。もっと、仲良くした方がいい」

　あとを付けられていると聞いて、体を硬くしたわたしの腰を抱いた手に力を込め、前に押してさり気なく歩かせてくれる彼を見上げる。

「本当に？」

「ええ。後ろは振り向かないでくださいね。気づかれてしまいますから」

そう言われると見たくなってしまうけれど。ぐっと我慢する。

彼に腰を抱かれたまま歩き、角を曲がる時にちらりと視界の端に、高級料理店でお嬢様が着ていた色合いのスカートの裾が見えた気がした。

「ウィルラ。そう身構えなくていいですよ。いまは、なにをされることもないでしょうから」

「身構えてなんかいないわよ。近すぎて歩きにくいだけよ」

緊張してしまっているのを指摘されて噛みつけば、楽しそうに喉の奥で笑われた。

もうっ、仕方ないじゃないっ。こっ、恋人なんて居たことがなかったんだから、どうしていいかわからないんだものっ。

むぅっと口を閉じたわたしの背を、宥めるように彼の大きな手が一度撫でる。

「もしなにかあっても、私があなたを守りますから。あなたは、私に守られていてください」

守られていて――。

胸がざわめくその言葉に、思わず彼を見上げれば。熱を帯びた彼の真っ直ぐな視線に見下ろされていて、胸がきゅうっと苦しくなった。

「わ、わたし、守られる程弱くないのよ」

思わず返してしまった可愛げのない言葉。

だって、だって、二振りも剣が出せる武人なんだもの、強くあるようにと母に鍛えられてきたんだもの。守ることはあっても、守られることなんて……。

ぎゅっと唇を噛み、泣きそうになる顔を彼から逸らせば。腰を抱いていた手が肩にまわり、足を止めた彼の腕の中に抱きしめられた。

「私が、守りたいんだ」

熱く囁く彼の吐息が……。

「アル。あなた、もしかして酔ってるの？」

酒臭い呼気に思わず顔を顰め、彼の腕の中から彼を見上げる。

暗いからよくわからなかったけれど、なんだか彼の顔も赤くなっている気がする。

ということは、この恥ずかしいことばっかりするアンフィルは、酔っていたからなのね。

ドキドキしていた胸が急速に治まる。

「心外ですね、あれしきの酒で酔ったりはしませんよ」

「酔っ払いは酔ってないって言うものなのよ。ドキドキして損しちゃったわ。さぁ、早く帰りましょう」

わたしを囲っていた彼の腕を解いて、先に立って歩くと。一歩遅れて歩き出した彼が、大股で追いつき、歩いているわたしの手をするりと握ってきた。

一瞬ぎくりとしてしまったけれど、手を振り払うわけにもいかず、されるがままになる。

「このくらいは許してください」

許しを請われながら指を絡められ、繋がれた手が熱くなる。

手のひらの固さを指摘されることがないのに安堵して、おとなしくその手を受け入れる。もしかしたら、お酒が入っているからそこまで気が回らないのかも。

「仕方ないから、許してあげる。手に汗かいてるのを、気にしないならね」

「お互い様です」

どっちの汗かわからないなら問題ないわね。

嫌がらせのようにギュッと手に力を入れれば、同じように握り返される。

「あなた……アルって、負けず嫌いよね」

「ウィルラ程ではありませんよ」

そう言って、宥めるように親指で手の甲を撫でられた。

「ねぇ、いままで付き合ってきた人とも、さっきみたいに……いちゃいちゃしていたの？」

酒場での彼の迫真の演技を思い出して、歩きながら尋ねた声がちょっと尖るのは、仕方ないわよね。

「どうでしょうね」

涼しい声で答える彼が肯定しているようで、ずきんと胸が痛くなる。

ドキドキしたり痛くなったり、わたしの胸は忙しい。どうしたのかしら、もしかしてわたしも酔っているのかしら？

そんなことを考えながら、口を尖らせる。

「これも冒険者としての秘密だったのかしら？」

「いつか、教えてあげますよ」

いつかっていつよ。旅が終わるまでには教えてもらえるのかしら？

そう思いながらも、口は逆のことを言葉にする。

「いいわよ、無理に教えてくれなくても」

「無理にではありませんよ。ただ、いまは言うべき時ではないので」

意味ありげに勿体ぶる彼に、それ以上の追求を諦めた。静かになったわたしがヘソを曲げたとでも思ったのか、彼の方から口を開く。

「私は、ウィルラとこうして話すのが、とても楽しいのですよ」

それは、わたしだって同じ。最初は彼の意地悪な言葉が嫌だったけれど。すぐに慣れて、いまでは言葉遊びのように感じるんだもの。

彼と同じように感じていたのが、なんだか嬉しくてくすぐったい。

「わたしも楽しいわよ」

くすくす笑いながらそう答えれば、繋いでいた手が強く握られる。

ゆっくり歩いたのに、すぐにたどり着いてしまった宿。宿泊している二階の角部屋まで廊下を進んだところで、ふといたずら心が湧き上がった。

そうだわ、とってもいい思い付きだわ！　こうすれば、きっとあのお嬢様なんか、一発で諦めるはずよ！

「ねぇ、まだ付けてきているかしら？」

「どうでしょう、宿に入ったところで帰ったかも知れませんが、もしかするとまだ外に居るかも知れませんね。それが、どうかしましたか？」

まだ繋いでいた手を引き、廊下の突き当たりの窓際まで彼を引っ張る。そこは丁度、いま歩いてきた道に面している場所で。

「本日、最後の仕上げよ」

彼の首に手を回して引き寄せ、彼の唇に唇を押し当てた。

――言い訳が許されるなら。わたし、自分で思っていた以上に酔っていたの。だから、はじめてのキスなのに、少しも後悔していない。

「ふふっ。これを見たら、彼女も諦めるわよね？」

至近距離で、目を丸くして驚いている彼を見上げて笑って見せると。正気に返った彼が目を細めて、わたしの背中に手を回した。

「いい思い付きですが。この程度では、おやすみのキスにもなりませんよ。恋人同士ならば、もっと――」

そう言った彼が、窓を背にしたわたしに覆い被さる。

「えっ、ちょ……っ」

何度も唇を啄むように彼の唇が降ってきて、どう息をしていいかわからず、堪らずに開けたわたしの口に、彼の唇が覆い被さる。

これが、恋人同士の、キス……なの？

「ぅん……っ」

彼の腕が強くわたしを抱きしめて、離さない。息ができない、口が、体が、熱い……。

意識が朦朧としたところに、やっと彼の唇が離れていった。

「はぁ……っ。い、息、できないじゃない……っ」

大きく息を吸い込んだわたしを抱きしめたまま、離そうとしない彼を怒る。

「鼻で息をすればいいんですよ。ほら、もう一回」

飄々と言った彼に、もう一度唇を奪われ。なんとか言われたように鼻で息をしたけれど、はじめてなんだから、上手くできるはずないじゃない。

熱を送り込んでくるような彼のキスに、為す術もなく膝が崩れ落ちそうになるのを、背中にまわった彼の手が支えてくれる。

「ウィルラ。私の可愛いウィルラ」

「ア……ル……」

息も絶え絶えなわたしとは対照的に、彼はしっかりと立ち、わたしを支える。許容範囲を超えた事態に、彼の言葉も右から左に抜けてぼうっとしているわたしを、彼はわたしの部屋まで連れて行き、もう一度触れるだけのキスをした。

「おやすみ、ウィルラ。ちゃんと鍵を閉めるのですよ。わかりましたか？」

「え、ええ。おやすみなさい」

幼い子供にするように言い含める彼に頷いて、彼が出て行ったドアに鍵を掛け、ふらふらとベッドに倒れ込んだ。

キスをした唇が、抱きしめられた体が、胸の奥が……熱い。涙目で、ベッドの上でぎゅっと丸まり、少しだけ後悔する――恥ずかしさで、どうにかなりそう。

明日、平気な顔をしてアンフィルに会えるかしら。ボルッツさんにも、付き合うフリをすることを説明しなきゃいけないわよね。それは、アンフィルに任せちゃえばいいかしら……？

お酒を飲んだせいか、ふわふわと考えがまとまらない頭を持て余し、もうなにもかもを後回しにすることにして。

ベッドの上でもぞもぞと服を脱ぎ捨て、毛布の中にもぐり込んで瞼を閉じた。

第五章　囚われる者

「昨日のあれは、夢だったのかしらねぇ」

　翌日、アンフィルに用事があるので同行して欲しいと連れてこられた武器屋の中。手持ち無沙汰に店内を冷やかしつつ思わずそう呟いてしまうくらい、今日のアンフィルはいつもどおりだった。

　わたしの方は、朝から彼の唇が目に入っただけで顔が熱くなり、昨日の彼の言葉を思い出しては心の中で悶絶していたけれど。

「おや、どうかしましたか？　今日は随分と静かですね。この様子だと、雨具を用意した方がいいでしょうかね？」

　なんて言う彼があまりにいつもどおりだったから、あれは実は夢の産物だったのだろうと思いはじめている。

　わたしがこんなに悶々としているのに、彼は生き生きと、店内に陳列されている武器を吟味している。

　拳のところにごつごつとした鉄が付いた革のグローブをはめて、手の動きを確認していた彼は、わたしを一度ちらりと振り返ったがすぐに視線を外し。グローブを脱ぎながら、店の片隅にある作業場で剣の手入れをしている長身の店主の方へ近づく。

「ああ、店主殿、このグローブですが、中の鉄芯の当たりを調節することはできますか？」

「可能だ」

無愛想な様子の店主と話しはじめてしまい、いよいよ暇になる。

それにしても、あれが夢でないなら。もしかしたらお酒のせいで、記憶に残ってないのかも知れないわね。いえ違うわね、お酒のせいであの醜態だったのよきっと。

でもそうしたら、あの恋人のフリをする話も、覚えているかどうかあとでちゃんと確認しておかなきゃね。万が一またあのお嬢様と鉢合わせして、話がおかしくなったら困るもの。

そんなことを考えながら、ふと店の外に目を向けると、じっとわたしを見ている昨日と同じ服装のマベリンさんが居ることに気がついた。

わたしを見て優雅な仕草で礼をした彼女は、こちらを注視したままそこから動かない。

わたしが自分を指さして首を傾げてみれば、頷かれた。

やっぱり、わたしを待っているのね。

「アンフィル。まだここに居るでしょ？　例の彼女の護衛の人が、私に用事があるみたいだから、ちょっとだけ話をしてくるわね」

「……わかりました。そこの窓から見える範囲にしてくださいね」

彼も彼女の存在に気付いていたようで、一言だけ注意をするとわたしを送り出してくれた。

◆・◇・◆・◇・◆

「お時間をいただきありがとうございます。イラハンナ・フィル・マードレイ様よりあなた様へ伝言を預かっております。『本日夕刻、図書館の裏手までお越しください、アンフィル・レヴィザ様について、大切なお話があります』」

わたしに向かい合ったマベリンさんは、綺麗な姿勢で折り目正しく、お嬢様からの伝言を伝えた。彼女は丁寧な言葉で伝えてくれたけれど、お嬢様自身の言葉だともっと酷い言い方だったんでしょうね。

たとえば「泥棒猫、アンフィル様のことで言うことがあるから、顔を貸しなさい」とか？

うわぁ、ありそうね。

「あの、どうかなさいましたか？　お返事をいただきたいのですが」

マベリンさんに尋ねられ、慌てて意識を彼女に戻して返事をする。

「取りあえず、伝言は受け取ったわ。行くか行かないかはこちらの自由よね？」

行かない気満々のわたしの答えに、彼女は温和な表情を崩さないでゆっくりと口を開く。

「マードレイ家は代々王宮に文官を輩出する家系で。現当主様は王の覚えもめでたく、ギルド長の選任にも携わり、王宮とギルドとの結びつきに欠かせぬ役職を担っておいでです」

なるほど、ギルドに手を回すこともできるわよ、ってことね。アンフィル達に不利になるように働きかける、ってことかしら？　柔らかな笑顔をジーッと見つめるけれど、行かないっていうのは無理そう。

貴族っていうのは、本当に面倒くさいものなのね。

あきらかに罠なのに、行かなきゃならないなんて、本当……面倒くさいけれど、この喧嘩、買うって決めたものね。

ちらりと武器屋の中に居るアンフィルを見れば、こちらを見ていた彼と目が合い、少しだけ勇気づけられた。

「あなた、よくあんな人に仕えているわね。あんな風に、人を人とも思わないようなお嬢様の言いなりになるの、辛くはないの？　わたしは村から出てきたばかりの、物知らずですけれどね。彼女の行動がおかしいってことはわかるわよ」

わたしはジッと、柔らかく笑ったままの彼女を見つめてやっと気付いた。

きっちりと髪をまとめているせいもあるし、雰囲気も全然違うからいままで気付かなかったけれど。

「もしかして、あなた。あのお嬢様の身内？」

顔立ちや、目鼻立ちがよく似ている。予想は半々だったけれど……指摘した途端、彼女の微笑みが凍り付いた。

「――よく、わかりましたね。商家の出である彼女の母親の家系に連なる者です」

低く冷たい声に、彼女の触れて欲しくないところに触れてしまったのだと気付かされる。

「本来ならば、平民の身では成り得ない侍女という役割ですが、私は旦那様のご意向により、身に余る大役をいただいております」

少し固い微笑みを浮かべてそう言った彼女に、肩を竦める。

「それは、ご愁傷様。って、あれ？　あなた護衛じゃなかったの？」

彼女の持って回った言い方に、彼女が侍女という立場を少しもありがたがっていないのが丸わかりで、更に彼女が自分を侍女と言っていたことに首を傾げれば、彼女は気の抜けたような笑顔に変わり、疲れたようにため息を吐き出した。

「はぁ……」

彼女は片手で口元を覆い、視線を明後日の方向へ向けると、低い声で唸るようにぶつぶつと呟きはじめた。

「本当は侍女なのですよ。ただ、あのお嬢様が無茶をするから、追加でわずかばかりの手当を付けられて、護衛のまねごとまでさせられて。これっぽっちもありがたくはないのに、向こうは恩着せがましいし、身内からはやっかまれるし、たかられるし。武人だから、護衛をしなさいなんて言われても、私は武器を出せるだけで戦えるわけではないのに。師匠について習えどもそもそも、武器が攻撃向きじゃないと何度も言っていますのに。剣は剣でも、剣を捌くための守りの短剣なのよ。師匠にだって、私の身体能力はそんなに高くはないから守備に徹しなさいと言われているのに。たった一人で、あの女の護衛なんてできるわけ――」

「ちょ、ちょっと待ってっ」

怨念を込めているような声で続く彼女の呟きに、思わず小声で制止の声を掛ける。

「なんですか」

途中で遮られたのが不服そうに彼女はわたしを見るけれど。なんですか、じゃないわよね。

「あなた、いまかなり大事なこと、わたしにバラしてたわよ。自分の武器のことなんて、そうぺらぺらしゃべるものじゃないでしょっ」

他の人に聞こえないように小声で諫めれば、彼女は顰めていた眉を緩め微苦笑を浮かべた。

「あなただからですよ。あなた、人がよさそうですもの。他の人に言ったりしないでしょう？

――それに、武人であるあなたならば、私の気持ち、わからなくはないでしょう？」

「……っ！」

なんで、バレてるのっ！

息を飲んだわたしに、彼女は口元を緩めた。

「ふふっ、わかるわよ。あなた、時々手をこう、動かしているでしょ？」

そう言いながら、緩く握った手をキュッキュと小さく握る動作をする彼女に、心当たりがありすぎた。

「武器を出す人の癖みたいなものよ。私は師匠に言われて直したけれど。冒険者でも、この癖がある人は多く居るわ。あなたも気を付けた方がいいわよ。見る人が見ればわかるから」

「そ、ソウデスネ。以後、気を付けます」

ギュッと胸の前で両手を握って視線を背けた私に、彼女は「ふふっ」と気が抜けたように笑った。

背けた視線を戻せば、彼女はすっかり落ち着いたようだった。

「あなただってわかるでしょう？　普通人の中に武人が生まれるというのは、どういうことなのか。まるで腫れ物に触るように接して。こっちから傷つけることなんてないのに、手を繋いでもらえない……両親にすらよ？　手から武器が生えてるわけでもないのにね？」

自分の右手を見ながら、切なそうにそう零す彼女に、彼女が受けてきた差別を感じた。

わたしは、父親が武人で、母は獣人という特殊な家に生まれたから、家の中でそんな差別を感じたことはなかったけれど。家族以外で、わたしと手を繋いでくれる人は居なかった。

「わたしも。村でわたしと結婚してくれる、男気のある相手が居なくて。だから、お婿さんを探すために村を出てきたんだもの」

「お婿さんを探しに？」

驚いた顔をした彼女に、得意げな顔をしてみせる。

「ええそうよ。村なんて狭いもの、待ってるだけで来るもんじゃないでしょ？　それなら、自分から探しに行かなきゃって思ったの。もっと広い場所で、人がたくさん居れば、わたしのことをお嫁さんにしてくれる、素敵な男性だって居るに違いないってね」

拳を握りしめ、青空を見上げて宣言する。

「わたし。絶対に、可愛いお嫁さんになるんだから」

そう言い切れば、クスクスと楽しげな笑い声が彼女から零れる。

「か、可愛いお嫁さんっ。お婿さん探しっ」

「なによ。悪い？」

笑いながら言う彼女に、思わずムッとして腕組みをする。

「いいえ、ちっとも悪くないわ。素敵よ、それって、凄く素敵。そうよね、与えられた場所が駄目なら、自分で探しに行ったっていいのよね」

「当然でしょ？　だって、わたし達には立派な足もあれば、手だってあるんだから、どこへだって行けるわ。それに可愛い、護身用の武器もあるわけだしね」

そう言って片目を瞑（つむ）ってみせれば、彼女は楽しそうにクスクスと笑った。

「ねぇ、あなたはなんで、あのお嬢様のところで働いているの？　嫌なんでしょ？　やめられない理由でもあるの？」

よく知らない相手に失礼なのは承知でそう聞けば。彼女は肩を落とした。

「勿論、理由はあるわ。ないわけがないじゃない。でも、この関係ももうすぐ終わりなの。あと少しで――……」

言葉を濁し、詳しいことを口にすることなく、彼女は軽くスカートを持ち上げて膝を曲げ、あのお嬢様よりも優雅な礼の形を取って微笑んだ。

「あなたとお話ができてよかったわ。では、『本日夕刻、図書館の裏手までお越しください』」

「わかったわ。行くって伝えて」

ため息混じりにそう答えれば、彼女はわたしに背を向けて歩き去った。

結構おしゃべりをしてしまったから、もしかしたらもうアンフィルの買い物が終わっているかも知れないと、急いで武器屋に戻る。

店に入れば、店主と和やかな雰囲気で話をしていた彼が、視線でわたしを呼び寄せた。

本当に器用な眼力よね。

「そちらの用事も終わったようですね」

「ええ。アンフィルも終わったの？　……それ、さっきのグローブ？」

彼が手にしている凶悪な外見のグローブは、どうみても、先程見た時より攻撃性を増している。

鞣し革の色は黒く、拳の部分に付いていた真っ平らだった鉄の板がぼこぼこと波打ち、黒く加工され、手首の部分にベルトが付けられ、しっかりと装着できるようになっていた。

こんなに手を加える時間があったってことは、結構待たせちゃったのかしら。

「いいえ、これは以前修理を依頼してあった物です。とてもいい仕上がりになりました。ありがとうございます。先程注文したものも、どうぞよろしくお願いします」

「ああ。楽しみにしていてくれ」

店主とアンフィルが固く握手を交わしているから、待たせすぎてはいなかったのかしらね。

武器屋を出て、上機嫌の彼と連れだって宿屋へと戻った。

「よお。早かったな」

宿に戻り、アンフィル達の部屋に通されたわたしは、そこに帰ってきていたボルッツさんを見つけて駆け寄る。

「ボルッツさん、もう用事は終わったの？」

書類を手にしてベッドに座っていた彼は、自分の隣を手で叩いてわたしにここに座れと示したが、わたしの後ろから入ってきたアンフィルがわたしの手を引いて空いている右側のベッドに座らせた。

「くっくっく。いや、なかなか面白いことになってるじゃねぇか。お前が執着するなんて、なぁ？　ああ、こっちの用事は、まだ終わっちゃいねえがな。それよりも、そっちはどうだ、なにか進展はあったか」

窓の枠に背を凭せて立つアンフィルに声を掛けたボルッツさんは、手に持っていた書類をベッド脇のテーブルに伏せて置いた。

「向こうから接触がありました。内容についてはまだウィルラに聞いていませんので、これからです」

アンフィルの言葉にボルッツさんがにやっと口の端を歪ませ、怖い感じの笑みを作った。

「ウィルラ。彼女は一体あなたになにを話したのですか？」

アンフィルに促されて、口を開く。

「あのお嬢様の伝言を伝えに来たの。今日の夕方、図書館の裏に来て欲しいんですって。裏としか言われなかったけれど、行けばわかるのかしらね？」

「そうですね……多分それについては――。それにしても、図書館ですか。夜になるとひとけがなくなる場所ですね」

腕を組んで考える仕草をする彼に、ボルッツさんが笑みを深くして、わたしを見る。

「ウィルラ、一人で来いと言われたのか？」

尋ねられ、思い起こしてみても人数について言われた覚えはない。

「……言われてないけど、それがどうしたの？」

答えたわたしに、彼は悪そうな顔をする。

「じゃぁ、アンフィルと二人で行ってきてくれ。俺はやることができたから行けないが、十中八九なんらかの罠が仕掛けられているだろう。アンフィルがいれば大丈夫だろうがな」

ボルッツさんに言われた言葉に、確かに一人で来いとは言われていないなと納得する。

「そうね、夜の一人歩きは物騒だもの。二人で行ってもいいわよね」

「そういうものでしょうか」

うんうん、と納得していたわたしに、アンフィルが不服そうな声を上げる。

「あら、嫌なら別にいいわよ。わたし一人で行くから」

罠にはまりに行くのははじめてだから、どうなるかわからないけれど。あのお嬢様とマベリンさんだけなら、わたし一人でもなんとかなると思うし。

そう考えて言ったわたしに、アンフィルは怖い顔で首を横に振る。

「馬鹿なことを言わないでください。君一人で行かせられるわけないじゃないですか。向こうは、君を暴漢に襲わせるつもりに違いないのですよ」

暴漢？　まさか、そんな……。せいぜいあのお嬢様が、嫌味を言って小突き回すくらいじゃないの？

わたしが絶句していると。彼の言葉にボルッツさんも同意した。

「そういうことだ。隠れながら護衛するくらいなら、堂々と一緒に行った方がいいだろう」

　ボルッツさんはそう言うと、離れて座るわたしと向き合うように体を向けてきた。

「ウィルラ。なにも知らないままじゃ、動きにくいこともあるだろうから、ことの顛末(てんまつ)を教えるがいいか」

　わざわざ断りを入れる彼に、聞かない方がいい話なのかも知れないと思いつつも。拒否する雰囲気ではないために、躊躇(ためら)いながら頷いた。

「わかったわ。口外はしないから、教えて」

「いい子だ」

　そう言って笑う彼に、嫌な予感が増したけれど。彼の教えてくれた内容は、思ったよりも恐ろしげなことではなかった。


「――ええと……話をまとめると。何年か前に、アンフィルがギルドの依頼として、あのお嬢様の護衛の仕事を引き受けた時に、あのお嬢様に気に入られ。それ以来、ことあるごとにつきまとわれている。そして、今回も、ギルドの用事で王都にアンフィルが戻ってくるのを察知した彼女が、待ちきれずにこの町までやってきてしまった。ってこと？」

　一通り聞いて、要約して返したわたしに。よくできましたとばかりに、ボルッツさんに頷かれる。

「そのとおりだ。それでだ、彼女の父親はギルドに顔が利く高位の貴族であるのだが。あの娘とは違い、真っ当な人間だ。あの娘も、ある意味とても貴族らしいが。それは悪い意味でのものだ。大多数の貴族はまともだから、そこら辺は間違えないでくれ」

妙に念を押すボルッツさんに気圧されて頷く。

「わ、わかったわ。それで、その、自分の娘を御せない貴族様については、詳しく教えてくれないの？」

普通の家族なら、娘が悪いことをしていたら諫めてくれると思うけれど、貴族ってそういうことはしないのかしら？

「御せない……まぁ、そう言えなくもないな。彼はどうにも娘を持て余していて、籠の鳥にする方法を模索しているようだ」

籠の鳥っていったって、実質的な幽閉なんていうのは外聞が悪いだろうから。手っ取り早いのはやっぱり――

「それって、彼女を結婚させようとしてるってことかしら？」

少し首を傾げながら、わたしが予想を口にすると、ボルッツさんがにやりと笑った。

「察しが良いな。そうだ、少し格下だが、真っ当な貴族に嫁がせようとしているらしい」

なるほど、それでお嬢様が、強硬手段に出ようとした理由がわかったわ。

「だから、多少強引な手を使っても、わたしをアンフィルから引き離して、アンフィルを自分の護衛に戻そうとしているのね？　だって、結婚したらそんな自由なくなるんでしょ？」

予想を口にしたわたしに、ボルッツさんはとても楽しそうに口元を緩ませた。

「大正解だ」

彼の笑顔になんだか、嫌な予感が増したんだけれど、どうしてかしら。

「でも、大丈夫なの？　そんな貴族を相手にしたら、冒険者であるあなた達に不利になるんじゃない？　やっぱり、わたし一人で行った方がいいんじゃないかしら？」

「いいわけがないでしょう」

冒険者である二人のことを考えてそう提案したわたしの意見を、アンフィルが窓枠に凭れて腕を組んだまま、きつい調子で退けた。

「本来は私がなんとかしなければならなかったことに、ウィルラを巻き込んでいるんです。あなたは私を詰ることはできても、そんな風に自分を犠牲にすることはあってはならない」

そう言い切った彼だけど、少し躊躇ってからわたしの前までくると、その場に跪いた。

「――ですが、今回はあなたが居なければ、この罠は成立しない。絶対に君を傷つけさせませんから、私と一緒に罠に掛かってもらえますか？」

まるで物語に登場する騎士のような姿勢で言ってきた彼が、昨日の甘ったるい彼を思い起こさせ。わたしは顔が熱くなる前に、慌てて力強く頷いてみせる。

「そっ、そのくらい、ドンと来いよ」

ぽかんとした彼を見て、ハッと気付いた。

　そうよ、普通の女の子はこういう場合、怖がったりするんだった。つい、いつもの調子で答えちゃったじゃない。

「え、ええと、わたしもアンフィルにべたべたして、わざと彼女を煽った責任もあるし。だから手伝わせて」

　恥ずかしくて二人の方を向けないまま。ぼそぼそと、言い訳がましくそう口にする。

「ぷ、あっはっはっは。よし、これで、話は決まったな！　ウィルラには申し訳ないが、こっちの事情に付き合ってもらう。その代わり、上手くいけば今回の依頼料はタダにしよう」

「ええっ！　本当にっ？」

　ボルッツさんの破格の提案に、思わず食いつく。

　だって、安くはない金額なのよ！　結婚資金用に貯めていたお金の半分以上なんだから。

　聞き直したわたしに、ボルッツさんは胸を張って請け合ってくれた。

「男に二言はない。その代わり、危険に晒すことになるが、我慢してもらえるか」

「大丈夫。だって、アンフィルも一緒なんでしょ？」

　以前、ごろつきに襲われた時に、彼の強さは確認済みだもの。

「当たり前です。君にかすり傷一つ付けず、守り切ることを約束しますよ」

　はっきりそう言う彼に、わたしの胸はドキドキする。

　だって、きっと彼は本当にわたしに傷を付けずに守ってくれる。わたしを、守って。

守るって、なんて……素敵な響きかしら……っ。

「──うんっ。よろしくお願いします」

ちょっぴり夢見心地で返事をしたわたしに、ボルッツさんが、肩を小さく揺らしてこっそり笑っているんだけれど。なにかしら？　なにかそんなに笑えること、あったかしら。

「じゃあ、夕方までしっかりと休んでくれ。こっちも色々と準備があるからな」

「ウィルラ。部屋まで送ります」

幸せな気分のまま頷いたわたしの手を取ってベッドから立たせ。そのまま隣の部屋まで、まるでエスコートするように手を引いて連れて行かれる。

昨日と同じように部屋に送られ、礼を言おうと彼を見上げると。彼の目が細くなり、急に彼の顔が近づいて、彼の唇がさらりと頬をかすめて離れていった。

「ア、アンフィル……？」

「夕方迎えに来ますから。部屋で待っていてくださいね、ウィルラ」

まるで、昨日の酔っ払った彼のように、低く優しげな声音に耳元で囁かれて、一気に顔が熱くなり、わたしはぎくしゃくとドアの鍵を掛けて、ベッドに潜り込んで悶絶した。

◆・◇・◆・◇・◆

スカートの下にはズボンを穿き、しっかりとブーツのひもを締め、迷った末にナイフは置いていくことにする。

丁寧に梳いた髪は邪魔にならないように、しっかりと編み込んでおく。

開いた左手を前に出し、ゆっくりと手を握り大剣を出現させ。左にそれを持ったまま、次に右手を意識して握ればこちらには細身の長剣が。

窓が小さく、薄暗く狭い部屋の中で、剣先が室内を傷つけないように注意しながら二本の剣を軽く回して、調子を確かめる。

万が一の時は、この剣を出すことを躊躇しない。もう一度、そう心に決める。

部屋のドアがノックされたところで剣を消し、ドアを開けに行く。

「もう出る時間？」

廊下に立つアンフィルを見上げると、武器屋で受け取っていた厳ついグローブを付けた彼の手が差し出された。

「お付き合いいただけますか」

「ふふっ、喜んで」

まるでダンスにでも誘うように差し出された彼の手に、笑いながらそっと手を重ねた。

街路灯のある大きな通りを過ぎ、図書館へと続く道に入れば、一気に人の気配がなくなり物寂しい空気になった。

「ここら辺って、町の中なのに、夕方になるとこんなに寂しくなるのね」

森の中の暗闇も慣れなきゃ怖いけれど、町の隙間にある暗がりというのが気味悪くて、ついそう弱音を漏らす。

彼は歩く速さを緩めてわたしに並ぶと、長い指をわたしの手のひらにするりと滑り込ませ、指を絡ませて手を握り込んできた。

彼の突然の行動に、どきんと胸が大きく脈を打つ。

いつでも動けるように、彼にくっつかないようにしていたのに。もうっ。

心持ち彼の左手に身を寄せながら、ゆっくりと歩いて行く。路地の薄気味悪さが少しだけ薄れた気がする。

「怖いですか？」

低い声に尋ねられ、周囲に気を配っていた顔を上げると、こちらを見てきた彼と目が合う。

「平気よ」

そう答えたけれど、彼はわたしが虚勢を張っていると思ったのか、眉を寄せて心配そうな顔をする。

「村育ちを甘く見ないでよね。ヤワな根性なんかしてないわよ」

「あのお嬢様に喧嘩を売るくらいだ、確かに根性はありますね。でもそれ以上に、あなたは村育ちという割に、知識が豊富だ。それに、ボルッツが感心する程に、察しがいい」

前を向いて胸を張って見せたわたしに、彼が褒めてくれる。

それに、ボルッツさんも褒めてくれていたのかしら？　ふふっ、嬉しいわね。

「ほら、前に両親が冒険者だって話したでしょ？　だから、旅に出た時の話とかを聞かせてくれるのよ。あ、勿論、依頼についてはなにも教えてくれないわよ？　それに、十年くらい前まで兄が王都で兵士をしていたから、王都のこととか仕来りを面白半分に教えてくれたりしたから、そのせいもあるかな。義姉さんも王都の人で、マナーや刺繍とか色々教えてくれたし」

村に居た同年代の女子よりも知識がある自覚はある。女の子達と話が合わないことなんて、ざらだったから。そういえば、村の男子と口喧嘩で負けたことなかったわね。

……もしかして、そんなところも、結婚できない理由の一つだったりするのかしら。

思い当たったことに、ずーんと気が重くなる。

「いい家族に恵まれているのですね」

落ち込み掛けているところに、彼にそんな風に声を掛けられて、はっと顔を上げる。

「そうね……いい家族よ」

家族としてはいいけれど、家庭としては少し寂しかった。そんな思いにはそっと蓋をして、彼に微笑んでみせる。

「だから、わたし、家族が一緒に居られる家庭を築きたいの」

そう言ったわたしの頬を彼の右手が撫(な)でた、その時。

「兄さん達、いい雰囲気のところ、悪いが邪魔するよ。とある御仁の依頼で、あんたらを誘拐(ゆうかい)させてもらう」

その声があってから、建物の陰からばらばらと男達が出てくる。

声を掛けてきたのは、あの日わたし達を襲い、わたしを武人と見抜いて勧誘をしてきた、丸眼鏡の男だった。

街道で襲われた時とは違い、大勢の男達がわたし達を取り囲んだ。

繋いでいたアンフィルの手がそっと離れてゆく。

「少々、分が悪いですね」

わたしにだけ聞こえる声で、ぼそりと零した彼の言葉に、彼の焦りを感じる。

確かに、この人数差は結構大変そう。

「抵抗は無駄だ。おとなしく捕まれば、無用な暴力はしない」

眼鏡の男の言葉だけれど、果たしてそれが本当かどうか。真偽はわからない、でも、大立ち回りするよりは、男の言葉に乗った方が危険は少ないと思う。

だけどアンフィルの決断によっては……。胸の前でぎゅっと両手を握りしめる。

——剣を出すことを躊躇(ためら)わない。

もう一度心の中で唱えておく。

もしアンフィルが戦うことを選ぶなら、わたしも彼と共に戦おう。

「わかりました、従いましょう」

アンフィルが下した決断に、心の中でほっと息を吐いた。

わたしと彼は男達に囲まれながら、町の片隅にある大きな廃屋(はいおく)に連れてこられた。

貴族の別邸だったと思われるその屋敷の庭は荒れ放題で、玄関の重厚なドアも半分取れかけていて、壊れているそこから体を割り込ませて屋敷の中に入った。

「おい色男、持ってる武器を出せよ。その凶悪なグローブもな」

玄関のホールで、眼鏡の男にそう言われ、アンフィルは小さく舌打ちをしながらグローブを外して男に渡した。

取られるのが悔しいんだろうなあ。凄く気合いを入れて作っていたし。

「そっちの、姉ちゃんは……取りあえずは、なにも持ってないみたいだが。確認はさせてもらうぞ。おっと、あんまり睨(にら)むなよ。こちとらコレが商売だ」

「わかってるわよ」

抵抗しないことを示すように両手を上げたわたしに、頷いた眼鏡の男が、服の上から体を叩いて武器の有無を調べる。

すぐ横で、アンフィルも武器を改められている。わたしとは違って、服の下にいつもどおりの装備をしていたらしい彼は、両腕に付けていた鉄の防具を取り上げられていた。

身体検査が済むと、二人とも両手を後ろに回され縄を掛けられる。そして階段の下の細いドアを開けた。一人入れば一杯になるような狭い小部屋に二人まとめて押し込まれる。

アンフィルの胸に背中を付けるようにしてぴったりくっつくように詰め込まれたわたしは、開け放たれた細いドアの前に、剣を片手に立ちふさがる丸眼鏡の男を見上げる。

丸眼鏡の男は後ろの仲間を振り向くと。

「説明はオレがしておくから。あんたらは先に前祝いをはじめてくれ。食いモンも酒も、たっぷり用意されてるはずだからよ」

「ああ、さっきお嬢が、ねえちゃんに食堂に食い物、山盛り運ばせてたぞ。酒も山程な」

周囲にいた仲間達に彼がそう声を掛ければ、顔に向こう傷の付いている丸坊主の厳つい男が同意した。

やっぱり、あのお嬢様が首謀者なのね。

わたしが内心で確信していると、眼鏡の男が苦り切った顔になる。

「……依頼主のことは、おいそれと口にするもんじゃねぇよ」

丸眼鏡の男がそう言えば。男は坊主頭を撫でながら、口をへの字にする。

「なんでぇ、面倒くせぇな。でも、当のおじょ……雇い主は、料理と一緒に来て、俺達に掃除させた二階の部屋で、お高そうなワインなんか飲んでやがったぜ？」

坊主頭の言葉に、男がさり気なく舌打ちをする。

あのお嬢様も、この屋敷に居るの？　なんで？

坊主頭の男の近くに居た、髭面の男がなにか思い出したように前に出てきた。

「ああそうだ、バーアックスのこと、戻ったら部屋に呼べって言われてたんだった。悪ぃが、あとで顔出してくれや」

今度こそ思い切り舌打ちした眼鏡の男。バーアックスって言うんだ？

攫ってきた相手に、名前なんか教えてもいいのかしら？

ギリッという歯ぎしりの音をさせてから、バーアックスと呼ばれた眼鏡の男が口を開く。

「――ああ、わかった。あとで行く。あんたらは、先に飯でも食っててくれ」

「おうよ！」

「お前も早く来ねぇと、飯なくなっちまうからなー」

男達は彼の肩を叩いたりしながら、向かい側のドアの中に入っていったが。最後に残った屈強な男が一人、バーアックスに威嚇するように低い声を出す。

「おい。あんまり勝手なことはするなよ。お前は今回たまたま、まとめ役になっただけだ。頭になった気になってんじゃねぇぞ」

「ちゃんと、心得ちゃいるから、安心してくれ」

強面の男の言葉に萎縮した様子もなく、軽い口調でそう返す彼に、男は鋭く舌打ちをしてから他の男達の居る部屋に入っていった。

「けっ。こんなしみったれた集団、誰が好き好んで頭なんてするかよ。おっと、すまないな。こんな話はあんたらには関係ないな」

小声で毒づいた彼は、気を取り直したようにわたし達の方に意識を向けた。

「狭くてすまないな、なんせ立ちんぼ用の独房だからよ。さぁて、あんたらが知りたいのは、これから自分達がどうなるのかだろう？　親切なオレはそれを教えてやるために、酒を我慢してここに残ったんだ」

自慢げにそう言う眼鏡の男に、わたしの後ろに立つアンフィルが口を開く。

「それも、雇い主の意向ですか」

「お？　よくわかったな。そのとおりだよ。できるだけ怯えさせてくれっていうのが、依頼の中にあるんだ。面倒だろうが、怯えてくれや」

飄々とした調子でそう言うと、一つ咳払いをして口調を改める。

「姉ちゃん、あんたはこれから、女の足りない山奥の村に売られるんだ。人の売り買いが御法度になったって、なくなるわけじゃねぇ。多いところから、少ないところへ流れるのは自然の成り行きってやつさ。偶々そこに、金が絡んだだけで、人身売買なんて悪どい言葉に置き換わるんだから、世の中ってのは、不公平だよな」

飄々とそんなことを言う彼を、じっとりとした目で睨む。

「そうかしら？　普通に犯罪よね。人身売買は最低でも無期限の強制労働で、初犯じゃなかったり、組織的に行われた場合は斬首刑よ？　今回の場合は、組織的犯行だから、斬首刑？」

思わず口を挟んだわたしに、眼鏡の男が嫌そうな顔をしてみせる。

「よく知ってるな。ああそうだよ、斬首刑だよ」

そう言って、わしわしと派手な色合いの髪の毛をかき混ぜる。

「馬鹿共は法など知ったことじゃないから、金のことしか考えねぇ。法外な金でも見合う仕事じゃねぇんだ、くそったれ。オレの知らねぇうちに厄介な仕事受けやがって。あんた達のせいでもあるんだぜ。あの時、手負いになった奴らを見逃したせいなんだからな」

くそったれ、ともう一度小声で毒を吐いてから顔を上げた。

どこがわたし達のせいよ、完全に八つ当たりじゃない！

「そういうわけで、オレ達にはあとがねぇんだ。依頼にゃぁねぇが、そっちの色男も売らせてもらう。隣の国じゃぁ奴隷ってぇのがあってだ、見目の良い男は貴族の女共に高値で売れるんだよ。特殊な手術をして子種が作れない体にしてから、慰み者になるわけだ」

男なのに、慰み者……。

くっついている胸元から振り向くように見上げれば、彼は憮然(ぶぜん)とした顔をしていた。

むすっとしている顔も綺麗よね、客観的に見て、貴族の女の人の受けはよさそうよね。あのお嬢様のこともあるわけだし。

「あんたら、こっちの依頼主が誰かわかってるんだろ？」

そう言った彼に頷いてみせる。

「そりゃぁね。あれだけ堂々と、お嬢さんとか言ってればわかるし。そもそも、お嬢様の名前で呼び出されてんですもの、イラハンナお嬢様に違いないんでしょうよ」

わたしの言葉を聞いて、げんなりした顔の彼は、深くため息を吐いた。

「自分の名前で呼び出すたぁ。あのお嬢、本当にオツムが足りないんだな。まぁいい――姉ちゃん、あのお嬢になにしたんだ。あのお嬢がアンタを一番酷いとこに売れって煩くてよぉ。姉ちゃんが売られる村ってぇのは、本当に女が少ない場所でよ。相手が一人だなんて考えない方がいいぜ。村全体で女を共有するってのが、当たり前のところだからよ」

言われて、思わず息を飲む。

なにそれ、なんでそんなところに売られなきゃならないの？　あのお嬢様に盾突いたから？

そんなことで、売られたりしちゃうの？

「……貴族ってのは、そんなにお偉いもんなの？　気にくわなきゃ、攫って売り飛ばすなんてこと、平気でしちゃうくらい」

呟いた声に、二人の視線が集まったのを感じるけれど、わたしの口は止まらない。

「自分の都合が悪いことがあれば、他人の人生踏みにじって、それが許されるぐらい、偉いものなのかしら」

わたしの言葉に、眼鏡の奥の目が細くなる。

「それが権力ってやつだろうさ」

「なによ、権力って。権力持ってるのは、あの子の親なんでしょ？　あのお嬢様が偉いわけでもなんでもないじゃない」

どうしようもない悔しさに、縄で縛られている両手をギュッと握りしめて、唇をキツく噛みしめた。

これが両親と兄が言っていた『貴族には関わるな』ってことなのね。

「親の七光りだろうが、なんだろうが。あの娘には、使える権力があるんだよ。オレや、お前にはない力がな」

眼鏡の男が剣を壁に立てかけると、わたしに向かって手を伸ばしかけた。

「彼女に触るな」

低く怒りの声を出したアンフィルに、眼鏡の男はにやりと笑う。

「自分の立場、わかってねぇなぁ」

そう言って素早くアンフィルの顔に拳をたたき込んだ。

「ぐっ」

バキッと重い音がして、アンフィルの苦痛の声がした。

「アルッ！　ちょっとあんた、なにすんのよっ！」

目の前に居る男を見上げ、噛みつくように怒鳴ると。男はわたしの顎を掴んで無理矢理顔をのぞき込んできた。

「心配すんな、ちょっと撫でただけだぜ？　それよりもお前。唇、切れてんじゃねぇか。馬鹿だなぁ」

彼の指が下唇を辿り、血を拭うと、彼は指についた血を舐めて小さく笑い。わたしの顎を掴んだまま、表情を改めた。

「オレの名はバーアックス。アンタの名は？」

顔を逸らそうとしたけれど、彼の手が強くて少しも顔を動かせない。そんなに強く掴まれているわけでもないのに……。

ぴくりとも動かない、外見に似合わないその手の強さと、街道で逃げを打ったあの時に大の男二人を抱えて逃げていたのを思い出して、その可能性を口にする。

「あなた……獣人？」

言った途端に彼の目が細くなり、それが答えだとわかる。

表情を緩めた彼が、にやりと口の端を上げる。

「そうだ。オレは獣人――ちっ、煩いのが来やがった」

そう言って階段の方を見上げたバーアックスは、顔を戻すとわたしの後ろに目をやり、楽しそうに口の端を上げる。

「色男、そう噛み殺しそうな目で睨むなよ。血ぃ舐めただけだろうが。さぁて、面倒だが、あのお嬢様のご機嫌伺いにでも行ってくるか」

　そう言ってドアを閉めると、外から重い音を立てて鍵を掛けて行ってしまった。

　真っ暗になった狭苦しい部屋の中で、わたしはアンフィルに背中をくっつけたまま、緊張していた体から力を抜いた。

　ドアの外から、なにやら酒場のような陽気で騒がしい音が聞こえる。きっと酒盛りで、盛り上がっているんだろう。

「大丈夫ですか？」

　頭上から掛かった掠(かす)れた低い声に、はっとする。

「わたしは大丈夫よ。アンフィルは？　殴られたところ、大丈夫？」

「——駄目、です。ウィルラ、こちらを向くことはできますか？」

　やはり先刻殴られたのが効いているのかと焦って、狭い室内でなんとか体を反転させて彼に向き合い、彼を見上げた。

「そんなに酷く殴られたの……っ」

　上向いたわたしの唇に、彼の唇が被(かぶ)さってきた。

　暗闇のせいか少しずれて着地した唇は、ゆっくりと肌の上を這(は)うと、しっかりとわたしの唇を覆った。

「んっ」

壁とアンフィルに挟まれて息苦しい姿勢のまま、彼の唇を受け止める。

突然のキスに頭の中が真っ白になり、息苦しくて開いた唇の隙間から彼の舌が割り込み、口の中を舐めていく。

どちらのものかわからない血の味が、口の中に広がる。

その血の味で、呆然としていた頭がはっきりとしてきて。……どうして、わたし、アンフィルにキスされているのかしら？

「ア……アル……んっ」

苦しい姿勢に呻いたら、すぐに離れていった唇が、何度もわたしの頬や額にキスを落としていき。満足したのか、わたしの首筋に顔を伏せた彼が、深くため息を吐いた。

どうしてキスしたのかと問おうとしたわたしの首筋に顔を伏せたままの彼が、呻くような低い声を漏らした。

「傷一つ付けないと誓ったのに……」

押し出すような声に、彼の後悔が滲んでいるけれど。傷と言ったって、自分で唇を噛んでできたものなんだから、こんな風に悔やまれると申し訳なくなる。

「アル、これは自分でやったことだから、数のうちに入らないわよ。気にしないで」

宥めるようにそう言ったわたしを、彼は低い声で否定する。

「誰が付けたものでも、駄目にきまっているでしょう」

いらいらとした口調で即答で返された言葉に、思わず口を噤む。

身を竦ませたわたしに気付いたのか、彼は顔を伏せたまま身動ぎすると、わずかに沈黙してから、悔いるような声を零す。

「……すみません、八つ当たりです。私が落ち着かなければいけないのに。ウィルラの方がよっぽど落ち着いている」

「それは。アルが、荒れているから、逆に落ち着いちゃった、っていうか」

わたしがそう言えば、首筋にあった彼の頭が上げられた。

「面目ありません」

「違うのよ、謝らないで。わたしがあのお嬢様を逆撫でしたから、こんなおおごとになったんだし。ごめんね、アル」

あなただけは、絶対に助けるから。

そう心の中で続けて。闇に慣れてきた目で彼を見上げると、彼もわたしを見下ろしていた。

狭い室内に沈黙が落ち、ドアの外の喧噪が大きく聞こえる。

「なにか、あったのかしら？　外がやけに騒がしいわね」

ドアに耳を付けて外の声に耳を澄ませば。うまく聞き取れないけれど、野太い声の中に、甲高い声が混じり、なにか言い争っている気配がする。

「ナイフでもあればよかったのですが。いまのうちに手を自由にしておきたいですね。そうすれば、次にドアを開けた隙に脱出する機を得られるかも知れません」

「そ……そうよね。うん」

何気ない彼の言葉に胸がドキッと震える。くっついているこの胸の音が、彼に響かなければいいと思いながら頷く。

ここで剣を出すということは、彼に武人であるということがバレるということだけど。覚悟、決めなくっちゃ。

大きく深呼吸して、彼を見上げる。胸が、痛いくらいにドキドキする。

「お願いがあるの。アル……目を、閉じて」

「ウィルラ？」

怪訝そうにわたしの名を呼ぶ彼に、もう一度、お願いと繰り返すと、彼はわたしの方を向いたまま、そっと目を閉じてくれた。

「ありがとう。アル」

きっとわたしが武人だと知ったら、あなたもわたしのことを守るだなんて、言ってくれなくなるわね。

最後まで諦めきれない乙女心で、せめて剣を出す瞬間は見られたくなくて、彼に目を瞑ってもらい。狭い室内を恨みながら彼に強く体を押しつけて、背中の方に、どうにか剣を出せるだけの隙間を作り出す。

暗い室内で目をこらして後ろを見ながら、手首の角度に注意して右手に長剣を出現させ、ギリギリと手に食い込む縄を切った。その時に少しだけ左手も切ってしまったけれど、とにかく縄が切れてよかったわ。

剣を消して手から縄を外してホッとして顔を戻すと、アンフィルの目が開いていた。

「ウィルラ……それが君の武器ですか」

ため息を吐くように彼の口から零れた言葉に、泣きたくなる。

「――っ！　め、目を閉じてって言ったのに……っ。アルの馬鹿っ」

彼の顔を見ていられなくて、目をきつく閉じて顔を伏せたわたしの耳元に、アンフィルが口を寄せる。

「知っていましたよ、あなたが武人だってことは」

「な、なんで……っ」

思わず目を見開いて顔を上げたわたしの目の前に、アンフィルの顔があった。その顔が近づき、ゆっくりと唇がふさがれすぐに離れてゆく。

「そんな風に、泣きそうな顔なんかしないでください。君の涙は、とても――」

もう一度唇が重なり合い。それから目尻に浮いた涙を、ごく自然な動作で彼の唇が吸い取っていく。

呆然とそれを受けていると、彼はわたしの耳元に唇を近づけてきた。

「ウィルラ、私の縄も切ってもらえますか」

　吐息が耳に掛かり、その熱さにドキドキしながらぎくしゃくと頷く。

「い、いいわよ。後ろ、向ける？」

　狭い室内でなんとか身動きを取ろうとしたけれど、わたしでも反転するのが精一杯な室内では、アンフィルが後ろを向くことができなかった。

「ウィルラ、なんとか手を伸ばして切ってください。多少切れても平気ですから」

　そう言うアンフィルに抱きつくようにくっついて、彼の背後に手を伸ばした。

「アンフィル、もっとわたしの方にくっついて、痛くしても大丈夫だから。まだ隙間が足りないの」

「――っ、ええ、わかりました」

　わたしの言葉に、躊躇いながらも彼は強く体を押しつけてくれたけれど、うまく手を回せず右往左往する。

　どうすればいいかしら、闇に慣れてきた目で周囲を見回せば、上の方にはまだ空間があることに気づいた。

「そうだわ。アル、少ししゃがめる？　ちょっと重いかも知れないけど、膝に乗って、上から切るわ、いい？」

「ええ、大丈夫です。これでいいですか？」

彼が曲げてくれた膝の上に足を掛けて上がると、天井からぶら下がっていた鉄の鎖に頭があたって、ガシャンと大きな音がしてしまった。

「ぁいたっ！　なんでこんなところに鎖がぶら下がってるのよ」

思わず小声でぼやいてしまう。

「大丈夫ですか？　その鎖は両手を枷(かせ)でくくった先を、そこに引っかけて、罪人を座れなくするためのものですよ。そうしてじわじわ体力を削るんです」

アンフィルの説明に、げんなりしてから気を取り直す。

「なかなか、えげつない場所なのね。いまから剣を出すから、動かないでね」

落ちないように、左腕で彼の頭を抱え込むようにしながらそう注意すれば、胸元にある彼が小さく頷いた。

慎重に、慎重に。右手を伸ばして剣を出現させる。

「剣を出したわ、いま縄を切るから、動かないで」

片手で抱え込んでいる彼の頭が小さく頷く。出した長剣で慎重に縄を切っていき、すぐに剣を消し、彼の膝から下りた。

「大丈夫だった？　どこも切れてない？」

こんな狭い場所で、長剣はとても使いにくい。ナーナ義姉さんみたいにナイフだったら、使いやすくてよかったのに。

縄が外れた手を前に持ってきた彼は、確かめるように手首を回した。

「ええ、手の方は大丈夫です。ありがとうございました。それよりもウィルラ、また怪我をしましたね？」

彼は低い声でそう言うと。自分の縄を切る時に傷つけてしまったわたしの左手を掴み、傷のできている手首の外側を、ねっとりと舐められた。

「な、なんでわかったの」

「血のにおいがしましたから。『アラミ――』」

彼がなにか言おうとした時、ドアの外からガチャガチャとカギが回され開かれた。

ドアの外の明かりに、思わず顔を顰める。

「おんやぁ、武器は取り上げたつもりだったんだがな。どうやって縄を切ったのか、是非聞きたいもんだな」

バーアックスのわざとらしい声に、すぐに明るさに慣れた目で彼を見れば、鈍らそうな剣を片手に持った彼の後ろにも、数名の男達が武器を手に立っていた。

他の男達は向かいの部屋の中で宴会を続けているようで、騒がしさが聞こえてくる。

「そっちの色男に用がある、出て来な」

もしかして、アンフィルのことを、殺そうと……？

彼等を警戒しながら狭い部屋から出たわたしの肩が後ろから押さえられ、わたしを庇うようにアンフィルが前に出た。

「待って、アルッ。わたしが――」

　慌てて彼を掴んだ手が、彼の手でそっと外された。

「私が守ると言ったでしょう？」

　前を向いたまま、静かにそう言った彼の言葉に、胸が震える。

　なんで？　わたしが武人だって知っているのに。どうして、守るだなんて言うのよ。

「おうおう、いい男だねぇ兄さ――」

「アンフィルッ！」

　バーアックスの声を遮って、場違いな甲高い声が響いた。

　男達を押しのけて出てきたイラハンナお嬢様が、アンフィルに駆け寄り、彼にすがりつく。

　その彼女の後ろから少し離れて、マベリンさんもそっと控えていた。

　まさか本人が出て来るとは思わなくて、驚いているわたしなんか目に入らないように、一途にアンフィルだけを見ている。

「ああっ！　あなたが間違えて、囚われてしまったと聞いて。わたくし、驚いて胸がつぶれるかと思いましたわ。よりにもよって、こんな人と一緒に独房に閉じ込めるなんて……っ。アンフィル、辛かったでしょう？」

　勝手なことをわめき立て、赤らめた頬に涙を浮かべる彼女の手を、そっと外そうとしながら彼は口を開く。

「いいえ。大変よい役得でしたよ」

役得？

意味ありげにわたしの方を振り向いて、唇に微笑みを乗せた彼のその表情を見て、さっきのキスが思い出されて、顔が一気に熱くなる。

「あんな狭い密室で、なにしてたんだか。なかなかいい根性してるなぁ」

バーアックスの言葉に、周囲の男達もにやにやしながら同意するから、熱くなった顔が上げられない。

「なっ！　な、な、な――ふ、不潔なっ！　だから、そんな平民の女など、あなたには相応しくないのよ！　そんな女からさっさと離れなさい！」

お嬢様の辛辣な言葉に、アンフィルはいまだに彼を掴んで離さない彼女の手を、無理矢理引きはがして数歩離れると、後ろに居たわたしを片腕で胸元に抱き込んだ。

熱くなった顔を隠すために彼の胸元に顔を伏せ、目の前にある彼の服をぎゅっと握る。わたしの肩に回った手が、強くなった。

「なにを勘違いなさっているのかは知りませんが。あなたに私の行動を決める権限は、一欠片もありませんよ。私は冒険者です、私は私の生きたいように生きる」

言い聞かせるようにゆっくりと、そして力強くそう言い切り。抱きしめたままのわたしの肩を小さく撫でてくれた。

彼の胸に抱かれながら、彼を見上げた。端整なその顔は、きりりと前を向き、お嬢様を睨んでいる。

わたしは、わたしの生きたいように、生きる――彼が放ったその言葉に、胸が震える。

本当は……本当は、武人であるわたしごと受け入れて欲しい。わたしを丸ごと受け入れてくれる人と、結婚して家族になりたい。

武人であることを知っていても、手を握ってくれる――彼と家族になれたらいいのに。

自覚したその思いに、彼の服を掴んでいる手に力が入る。

でも、冒険者である彼と、ずっと一緒に居ることはできないとわかってる。だから、せめて武人として彼を守りたい。

「なっ、なにを言っているの？　そんな女の、どこがいいというの？　ねぇ、アンフィル、目を覚まして頂戴。あなたにはわたくしが居るでしょう？　あなたに相応しい方を、わたくしもう何人か見繕って用意してありますのよ」

震えるような、儚げな声で彼に訴えかけるけれど。言っている傲慢な内容に、思わず彼女を振り向いてしまった。

アンフィルに相応しい人を『用意』する？　まるで彼やその相手を愛玩動物のように、自分の支配下に置こうとする彼女に嫌悪感が湧き上がる。

ばちりとぶつかった視線に、彼女は両手を胸の上で重ね合わせ、びくりと大げさに身を竦ませて目を逸らす。

「まぁ……っ。そんなに恐ろしい顔で、わたくしを見ないでくださいまし」

恐ろしい顔？

随分な言葉に、思わず怒鳴りたくなったところで、諦めずにアンフィルへ話しかける彼女に先を越された。

「アンフィル。アンフィル。お願いですから、わたくしの元へ戻っていらしてっ」

あれだけすっぱりと断られたのに、目を潤ませて切々と彼に声を掛ける彼女の根性って、もしかしてもの凄く図太いんじゃないかしら。

わたしだったら、あれだけのことを言われたら、逃げ出してしまいそうなんだけれど。

内心で感心していたわたしに、ちらりと目を移した彼女が一瞬わたしを凄い目で睨み。次の瞬間には、保護欲をそそる泣きそうな顔で、助けを求めるようにアンフィルへ華奢な手を伸ばしてきた。

わたしは咄嗟にその手を払う。

「きゃぁっ！　なんて乱暴な方……っ」

わたしが払った手をもう片方の手で抱きしめる大げさな仕草に、ぷつりと堪忍袋の緒が切れる音がした。

わたしの肩を抱いていたアンフィルの腕をそっと外し、胸の前でしっかりと腕組みをして、剣を出したくなるのを堪えて彼女に向き合う。

「乱暴なのはどっちよ。人を攫って、売ろうなんてしているあなたに、言われたくないわ。こんな大人数の男をけしかけて、あなた、自分のやってることわかってるの？」

そう言って睨めば、彼女は目に涙を浮かべ。一言、「怖い」と漏らした。

怖い、じゃないわよっ！　自分がどれだけのことをしているか理解してないのかしらっ。

顎を上げ、胸を張って見下すように彼女を睨み付けるわたし。そして、目を潤ませて震える小柄な彼女。

「――どっちが悪人か、わかんねぇな」

眼鏡を押し上げて位置を直しながら呟いたバーアックスを、しっかりと睨んでおく。言われるまでもないわよ！　わたしだって、ちょっとそう思ったんだからっ。

そんな、わたしとバーアックスのやり取りに気付かぬように、お嬢様が口を開く。

「わたくしが依頼したのは、あなたを攫ってくることだけよ？　身の程をわきまえていないあなたのために、あなたに相応しい居場所に、案内して差し上げようと思っただけですのに。どうして、理解してくださらないの？」

小首を傾げ目に涙を浮かべて言った彼女に、その場に居た彼女以外の人間の視線が集まる。

なに、この人……まるで、自分が親切で、いいことをしているように、どうして、そんな風に言えるの？

「わたしが居る場所は、わたしが決めるわ。あなたに指図される、覚えはないわ」

胸の奥から押し出すように告げたわたしの言葉に。彼女は先程までの泣きそうな顔を引っ込めると、口元に指先を添えて綺麗に整えられている眉を小さく寄せ、顔を背けた。

「ねえ、あなた。いい加減、口を閉じてくださらない？　アンフィルの手前。あなたのような見窄らしい平民が、わたくしに声を掛けるという無礼を見逃して差し上げていましたけれど、あなたのお声を聞いていると、なんだか頭が痛くなって来ますの。本当に、あなたという人はとても目障り――」

「イラハンナ嬢、それ以上彼女を貶めることは許しませんよ」

わたしから顔を背けてしゃべる彼女の言葉に。組んでいた腕を解き、思わず拳を握りしめたわたしを制して、彼女の言葉をアンフィルが遮った。

「あなたは彼女の言ったことを、ちゃんと理解していますか？　あなたが行おうとしていることは、人身売買です。我が国で貴族がそれをすれば、どういう罰が下るか、流石にご存じでしょう？」

後ろからわたしの腕を引いて、隣に並ぶように下がらせながら。アンフィルが、そう彼女に声を掛ける。

「ああ、アンフィル。なにを言っているの？　わたくしが、一体なんの罪を犯したと？」

本当に理解していないように不思議そうな表情でアンフィルを見る彼女は、果たして演技なのか、本心なのかわからない。

するとと影のように彼女の後ろに居たマベリンさんが、そっと柔らかな口調でお嬢様に声を掛ける。

「イラハンナお嬢様。人身売買に関わったらどうなるか、一緒に習ったではありませんか。人の売り買いに関われば――死刑ですよ」

「な、に？　なんのこと？」

彼女が振り向いて見たのは、いつものように控えめに佇む彼女の護衛だったけれど、たった一つ違った。それは彼女が射貫くような目でしっかりとお嬢様を見据えていること。

「人身売買が重罪というのは、子供でも知っている常識でございますよ、イラハンナ様。法でもそう謳われております。もしこの罪を犯す者あれば、終身強制労働に処すこと。罪を重ねたり悪質であった場合は、処刑されることとあります」

「そ、それは、平民の法でしょう！　貴族であるわたくしには関係ないわ！」

人身売買が罪である、ということはわかっているのか。焦ったように叫ぶお嬢様に、マベリンさんは微笑む。

「そうですね、いま申し上げたのは平民の法です。貴族の法はもっと厳しく定めてあります。貴族籍にある者がこの法を犯した場合。よくて本人の処刑、悪ければ、一族揃って処罰されます。今回の件についてはどうなるでしょう、旦那様や奥様も処刑されるかもしれませんね？　あら、どうなさいました、イラハンナ様？　顔色が悪くなっていらっしゃいますよ」

彼女の笑みが深くなるのに比例し、わたしに背を向けているお嬢様は小刻みに震え出す。

「私と一緒に習ったのに、もう忘れてしまわれたのですか？　イラハンナ様は本当に、物覚えが悪くていらっしゃる」

クスクスと嘲笑（あざわら）うその様子は、いままでお嬢様に仕えていた彼女とは違って、自信に満ちていて。そして、なんだか怖い。

わたしだけではなく、お嬢様も恐怖を覚えているのだろうけれど、なにを思ったのか声高に彼女に食って掛かる。

「わたくしは、なにもしておりませんわ！　マベリン、あなたがやったことではないの！　ここにいるならず者達に話を通し、あの女をおびき出したのは全部――」

「はい。すべてイラハンナ様の御指示の下、私が手引きさせていただきました」

自分も加担したのだと、そう言ってのけた彼女は、とても清々（すがすが）しい顔で笑っていた。

彼女は自分も罰せられるのを覚悟の上で、お嬢様の暴走を止めずに従っていたの？

「そうよ。わたくしが命じたけれど、やったのはお前！　罰せられるのはお前――」

「くっ、あーっはっはっは！　お嬢様よ、あんたがいま言ったように。あんたが、この犯罪の首謀者だ。誰よりも罪が重いのは、あんたなんだよ。ならず者のオレ達よりも、あんたが重罪なんだよ！」

お嬢様の言葉は、突然笑い声をあげたバーアックスによって遮られた。

「なっ、な、な、なにを言って……。だって、わたくしは、わたくしは、アンフィルの目を覚ますために、その女をどうにかしようとしただけよ！　それに、実際に動いたのはマベリンではないの！」

バーアックスの強い言葉に狼狽えながらも、言い訳を口にする彼女に、マベリンさんは顔色を変えずに口を開く。

「勿論、私も罪に問われます。しかし、あなたも裁かれるのですよ、イラハンナ様。どうぞ、御覚悟をお決めください」

自分も罰せられるのをわかった上で、彼女の命令に従っていたのだと、きっぱりと言い切った彼女の覚悟に気圧される。

「なんでよ！　罪だとわかっていたなら、どうして止めなかったのよっ！」

彼女の迫力に戦きながら、お嬢様が叫ぶ。

その言葉を受けて、マベリンさんはとても綺麗な笑顔を浮かべた。

「ずっと待っておりましたもの。イラハンナ様が、ご自分で、首を絞められるこの日を」

恨み辛みは言わずそれだけを言い切った彼女に、お嬢様が一呼吸分絶句してから、震える唇を開く。

「か、家族にも持て余されて、行くところがなかったあなたを、雇ってあげたのは、わたくしではないの。なのに、なんて、恩知らずな……」

　この期に及んで、まだそんなことを言うお嬢様を、マベリンさんが冷たい目で見る。

「煩い、ですよ」

　一つ深呼吸したマベリンさんの左手から出現した、短剣の鋭い切っ先が、お嬢様の顔の前にひたりと突きつけられている。

「ひっ、ひぃっ！」

　戦くお嬢様に、マベリンさんは言葉を続ける。

「確かに家族と確執がなかったわけではありませんが、それが雇用されている理由ではありませんし、以前から申し上げておりますが、私の雇い主は旦那様で、あなたではありません。それに、私は何度もお暇をいただきたいと申し出ているのですが、旦那様と奥様に、給金を増やすのを条件に引き留められているのですよ。だって、イラハンナ様のような、性格に難のある方に仕える物好きなど、おりませんから」

　マベリンさんの言葉に、周囲に居た男達が、納得するように何度も頷いている。部屋の掃除がどうのと言っていた人も居たから、きっとお嬢様のわがままで、掃除だけでなく他にも色々と振り回されていたんだろう。

「あなたが私を自分の傍に置いていたのは、私を馬鹿にするためでしょう？　武人だからと見下し、悦に入るためでしょう。私があなたの傍に居たのは、実家に金を送るためですよ。だけどもう止めました。金を送られても、ありがたいとも思わない、私から金を搾取するだけの人間達のために、心を削るのはもう止めることにしました。私は道連れになってもいい、あなたを陥れることができるならば」

言いたいことを言い切ったのか、彼女はお嬢様の顔の前から剣を引き、手の中に輝いていた銀の短剣を消した。

その直後、小刻みに震えていたお嬢様の顔色が、赤黒く変わっていった。

お嬢様は数度浅く息を吐くと、ぎろりと目を剥いて素早くマベリンさんに詰め寄り、彼女の襟首を掴み上げた。

「なにを！　平民のくせに生意気なっ！　お前は剣しか能のない、武人なのだから！　おとなしく、わたくしに従っていればいいのよ！」

「く……っ」

イラハンナお嬢様の怒りが、他の感情を凌駕した。

貴族の令嬢らしからぬ力で、ぎりぎりとマベリンさんの襟首を掴んで締め上げる。

剣を出すために必要な集中ができないマベリンさんの苦痛に歪む顔を見て、慌てて助けに入ろうとしたわたしよりも早く。横から伸びて来た手が、お嬢様の手首をがっちりと掴んだ。

「ひぃっ、痛い！　痛い！　痛い！　痛いっ！」

お嬢様はそう叫んで、マベリンさんの襟首を掴んでいた手を離した。手から逃れたマベリンさんは、よろよろと壁まで歩くと、そこに手をつき苦しそうに咳き込む。

お嬢様の手を握ったバーアックスの手は、彼女の手首から離れない。一見してそれ程力を込めているようには見えないが、獣人である彼の握力は普通ではないから、どれくらいの力で締め上げられているのかわからないけれど。お嬢様の掴まれた手首から先の色が変わっていくのを見れば、かなりの痛みであることが予想できる。

「ひぃっ……ひぃぃ…………――」

掠(かす)れた悲鳴が途切れると、バーアックスに手首を掴まれたまま、泡を噴いて気絶した。どれ程痛かったんだろうと、少しだけ気の毒になる。もしかしたら、手首の骨にヒビくらい入っているのかも。気絶して幸せなのかも知れないわね。

「やっと静かになった」

ぽつりとそう言って、掴んでいた手を離したバーアックスは、崩れ落ちたお嬢様を無感動に見下ろしてから、息を整えたマベリンさんに視線を移した。

「罪に問い、裁判に掛けるならば、すぐに結論は出ないだろう。そんなまどろっこしいことはせずに、この女の始末、オレがつけてやろうか?」

「そりゃぁいい! 俺達が裁いてやるよ」

「そうだ! そうだ!」

バーアックスの言葉に、他の男達も次々と名乗り出る。場の空気が、お嬢様を葬ろうとするそれになり、わたしはその空気が怖くて隣に立つアンフィルに身を寄せる。

殺気立った空気を制したのは、マベリンさんだった。

「ありがたいお申し出ではありますが。イラハンナ様にはきちんとした手順で、貴族の御令嬢として、しっかりと覚悟を決めさせて差し上げなくては、お可哀想ではありませんか。いま気絶をしている彼女を殺してそれで終わりなんて、そんなの納得できるわけないでしょう？」

微笑みを浮かべて男達に語りかける彼女に、簡単には死なせないという深い怒りを感じる。

殺気立っていた男達も、彼女の怒りに納得したようだった。だけど、バーアックスだけは面白くなさそうに彼女を見下ろす。

「なるほどな。その頭の悪いお嬢様には、せいぜい時間を掛けて、覚悟を決めてもらうといいだろうさ。だがそれに、お前が付き合う必要はないだろう。そう思うよなぁ？」

そう言って、近くに居た厳つい顔の男に同意を求めれば、にやりと笑い頷く。

「ああ、まったくだ」

同意した男が、わたし達の方にちらりと視線を寄越す。

アンフィルが無言でわたしを背中に庇って前に出たことで、なにかよくない流れになっているのを感じて、いつでも剣を出せるように気を引き締めた。

こっちに気付いているのかいないのか、バーアックスは近くに居た他の男達に、お嬢様を奥へ運ぶように指示する。

「お貴族様だ、丁重に扱ってくれよ。傷ものにしちまったら、罪がうやむやになっちまう」

「くっくっ、わかってるって。貴族を嵌められる日が来るとは、思わなかったぜ」

意識のないお嬢様の片腕を抱えた男が、楽しそうに笑う。

「なんだ、味見の一つもできるかと思ったのによぉ」

「堕とすなら、他にもいいところがあるんだがな、残念だ、残念だ」

ゲラゲラ笑う屈強な男達に、両脇を抱え上げられ隣の部屋へと入って行くお嬢様と、わたし達をマベリンさんが見比べる。付いていくべきか迷っているその背を押したのは、バーアックスだった。

「あんたもあっちに行ってろ」

迷うような表情を見せた彼女を、お嬢様が連れられて行った部屋に男達が押し込んだ。

彼等を見送ったバーアックスが、心底楽しそうに口の端を上げる。

「さぁて。あの女の罪を立証するにゃ、被害者が必要だってわかるよな？　色男」

そう言いながら、バーアックスは手にしていた剣を、アンフィルへ向けた。

「どっちにする？　こっちはどっちか一人で構わねぇぜ？　あんたが残るんでも、姉ちゃんを差し出すんでも構わねぇ。勿論、二人とも、ってぇ選択肢もあるがな」

舐めるような視線でわたしを見る彼はふざけた口調をしているけれど、その視線には本気が混じっている。

ギリッとアンフィルが歯ぎしりする音が聞こえ、あの日アンフィルと戦っていたバーアックスの強さを思い出した。なんとかアンフィルにも剣を渡さないと勝ち目が薄い、と思う。

向こうが全員普通人なら、きっと彼の拳とわたしの剣でなんとかなると思うけれど。すでに強敵だとわかっている獣人のバーアックスの他にも獣人や武人が居るかも知れない。

もしそうだとすれば、この場を乗り切るのは難しいわね。だけど……やるしかない。

わたしは右手を緩く握りながら丸腰のアンフィルの前に出て、バーアックスと向き合った。

「どれも嫌に決まってるでしょ」

バーアックスがにやりと笑ったのを機に、右手の中に細身の長剣を出現させ、彼の剣と水平になるように彼に突きつけた。

ざわり、と周囲の男達が色めき立つ。

「へぇ、いいモン持ってるじゃないか。果たして、どれくらい使えるのか見せてもらいたいところだな」

口の端をあげてそう言うバーアックスから、視線を外さず口を開く。

「生憎と、それなりにしか使えないわよっ」

鋭く踏み込み、彼の持つ剣の刃に自らの剣を巻き付かせるように剣を突き出して、彼の手元を狙う。

「うわっ！　ちっ！」

「あら、あの踏み込みを躱せちゃうのね」

咄嗟に剣を手放し、後ろへ飛んだ彼に称賛を送りながら、彼が取り落とした剣が、思ったようにアンフィルの方へ行かなかったことに内心舌打ちをする。

できればこの一撃で手傷を負わせて、奪った剣をアンフィルに渡したかったのに。

「はっ、これでそれなりたぁ、謙遜が過ぎるんじゃねぇのか？」

近くにいた男から剣を毟り取り、剣呑な顔をした彼が、隙無くわたしの前に立つ。

あの日、アンフィルと互角の戦いをした実力のある男に、気を抜かないように剣を向けながら、挑発するように口を開く。

「あら、失礼ね、謙遜なんかしてないわよ。わたしは素敵な男性を愛して、愛されて、温かな家庭を築くのが夢の、ごく普通のか弱い乙女なんだから」

「か弱くはねぇな」

「本っ当に失礼ねっ！」

否定してくるバーアックスに、すかさず剣を繰り出したけれど、打ち込んだすべての斬撃を彼の剣に弾かれてしまう。

流石は力が桁違いな獣人だわ、剣が重い。両手で剣を支えたのに、ちょっと剣を合わせただけで手が痺れる。

もしかしなくても、母よりも強いかも知れないわねっ。

ああもうっ！　あんなんでも銀の徽章の冒険者だから、かなり強いと思ってたけど、そうでもなかったのかしら。それとも旅の間、剣の練習ができなかったから、わたしの腕が鈍っちゃったのかしらねっ。

　腰を落とし、両手で長剣を握り、一撃一撃を真剣に打ち込んでいく。

「思ったとおり、いい筋してやがる。なぁ、その腕、オレに預けろよ」

「お、こと、わり、よっ！」

剣戟の合間に、返事をしたけれど、切れ切れになってかっこ悪い。

　時々剣が壁にぶつかり、その度に剣の軌道がずれる、忌々しい。室内戦の難しさに、相手の剣を回避しきれずに数カ所傷を負ってしまった。

　いけない。落ち着かなきゃ……母との手合わせの時だって、焦ったらそこにつけ込まれてすぐ負けちゃうんだから。

　この狭さじゃ左の大剣を出しても、剣の軌道に気を遣ってうまく扱えないわね。でも一本だけじゃ決め手に欠けるわね。

　牽制しつつ、頬の傷を手の甲で拭い、気持ちを整えるために距離を取ったわたしの前に、アンフィルが素早く割り込んだ。

「ウィルラ、下がってください。それの相手は私がします」

片手に剣を持ったアンフィルが、わたしとバーアックスの間に立つ。

「おや、姫を守る騎士の登場か。あんたの得物は拳じゃなかったのか？　ほら、ここにアンタのえげつないグローブもあるぜ」

にやりと嫌な笑い方でアンフィルを煽るバーアックス。彼がポケットから取り出して見せたのは、先程取り上げられた、あの鉄の付いた黒いグローブだった。

そのバーアックスに口の端を上げ、笑みを返すアンフィルの横顔が……笑顔なのに、寒気がするのはなぜなのかしら。

「やり過ぎないように自制ができないので、拳を使っているだけですよ。剣を持たせた自分を恨んでくださいね」

持ち手の具合を確かめるように何度か握りなおしたアンフィルは、形の良い唇を赤い舌でぺろりと舐めると、殺気を込めた視線でバーアックスを見る。

「御託はもういいでしょう？　私のウィルラに傷を付けた罪。てめぇの命で贖ってもらおう」

言い終えるや否や、アンフィルが動き、鋭く剣をバーアックスに繰り出した。

わたしの剣速を軽く超えるその剣の速さに、目を見張る。

ガンガンガンガン——と剣がぶつかる重い音に、速さだけでなく威力もあるのだとわかる。

アンフィルの連撃に、バーアックスの顔が引きつった。

「ちぃっ！　やるじゃねぇか、色男！」

言いながらも、アンフィルの剣をなんとか捌いているバーアックスも凄い。

室内という狭い空間をものともせず、剣を交わす二人。わたしを含め周囲の人間は、静観するしかできない。

迂闊に近寄れば、巻き添えを食らうのは必至。

防戦一方のバーアックスに焦りの色が見えはじめたころ、建物の外が騒がしくなった。

ドゴン！

重い打撃音とバキバキという不穏な音、そして。

「一人も逃がすな！　全員牢屋にぶち込むぞ！」

その怒声に、衛兵がやってきたのだと知る。

水を差されたアンフィルとバーアックスは打ち合う手を止め、お互いに距離を取った。

廃屋だからか、手加減なく破壊して入り口を広げているらしく、至るところからガラスが割れる音もする。ドタドタという足音も近づいてくる。

ほぼ同時に、男達が酒盛りをしていた部屋から怒声が上がった。

「うわっ！　――っ、火を掛けられた！　くそったれ！　他の入り口から突入するぞっ」

遠くからそんな声が聞こえる。

「馬鹿野郎！　火なんか付けやがって！」

どうやら隣の部屋に居た、男達のうちの誰かが時間稼ぎに、屋敷に火を放ったようで、煙と共に部屋の中に居た男達がバラバラと出て来た。

ちらりと見えた部屋の中は、煙が巻き上がり、橙色の炎が窓際から部屋を舐めている。

「この隙に逃げるぞ！」

厳つい男がそう声を上げるまでもなく、男達は好き勝手に屋敷の中に散ってゆく。

屋敷は衛兵に取り囲まれているみたいだから、彼等が逃げ切るのは難しいだろう。

「火とは、厄介ですね」

そう呟くアンフィルに頷く。

木でできたこの屋敷は、そう掛からずに燃え落ちそうだもの。

男達のあとから咳き込みながら出てきたマベリンさんが、ぐったりとしたイラハンナお嬢様を抱えているのを見て取ったバーアックスが、彼女に剣を向けて足を止めさせた。

「その女を寄越しな」

にやりと笑ってそう言ったバーアックスをじっと見たマベリンさんだったが、了承するように小さく頷いた。彼は、彼女の手からお嬢様を軽々と取り上げて肩に担ぐと、アンフィルの方を振り向く。

「証言ぐらいしてくれるんだろう？　色男」

その言葉にマベリンさんもアンフィルを窺う。

二人の視線を受けたアンフィルが剣を下ろすのを見て、わたしも手の中の剣を消した。

「生憎と未遂ですので、それなりの刑にしかならないでしょうが。事実は包み隠さず証言しますよ。それで、彼女をどうするのですか？」

バーアックスが肩に担ぐイラハンナお嬢様を指してそう尋ねる彼に口の端を上げた。

「コレは、こうするんだ、――よっ！」

バーアックスはそう言うと両手で軽々と彼女を頭上に持ち上げ、丁度廊下に駆け込んできた衛兵達に向けてお嬢様を放り投げた。

「じゃぁな！」

バーアックスは近くに立っていたマベリンさんの頭に自分の着ていた上着を被せ、横抱きにして腰を落とすと、火が舐める部屋に突っ込んでいった。その直後、部屋から窓の割れる音が聞こえた。

「ううっ、くそっ！　なんなんだっ！」

突然投げつけられた女性を顔面で受け止めることになった衛兵達は、悪態を吐き。後ろから来た衛兵が、綺麗なドレスを着ている彼女をおっかなびっくり彼等の上から退かす。

上手い具合に彼等が下敷きになったお陰か、イラハンナお嬢様に目立った怪我は見えない。下敷きにされた衛兵が起き上がったころには、部屋からの炎がわたし達の居る廊下まで出てきて、慌てて入り口から離れる。

「そのご令嬢は重要参考人として、くれぐれも丁重に保護しろ」

「はいっ！」

聞き慣れた低い声にそちらを見れば、ボルッツさんが衛兵達に指示を出しながらこちらに歩いてくるところだった。

その堂に入った様子に、彼が衛兵達の上に立つ者なんだと直感する。

いや、でも、彼は冒険者だよね。そんな人が、国の役人なんてこと、あるのかしら？

「アンフィル、ウィルラ。無事だったか」

呑気（のんき）に声を掛けてきたボルッツさんに、アンフィルはわたしの背を押して前へ歩かせながら言葉を返す。

「話はあとです。火の勢いが増してきました、いまは屋敷を出ましょう」

アンフィルが冷静な口調でそう言い。わたしの背から手を離すと、わたしの手を握って駆けだした。

彼の大きな手に包まれた右手に、胸がきゅうっと切なくなる。

わたし達の後ろにボルッツさん、そして衛兵達が付いて来る。

煙に巻かれながら外に出ると、わたし達を攫った男達が衛兵に捕まえられている様子が、そこかしこで見られる。

こんな夜中なのに、こんなに大勢来るなんて、大きな町は違うわね。

火がどんどん大きくなる屋敷から、離れた場所まで引っ張られて、そこでやっと握られていた手が離された。

逃げる時に吸い込んでしまった煙に、喉が痛くて小さく咳き込むと、アンフィルが背中を緩くさすってくれた。

「大丈夫ですか？」

「ケホッ……だ、いじょうぶ。ちょっと喉が痛いだけだから。それよりもボルッツさんって、もしかして……」

わたし達と離れた場所で、衛兵の隊長さんと思しき立派な制服を着た人と何事か話して、てきぱきと衛兵の人達に指示を出している大きな背中を見て、さっき考えたことは当たっていたのかなと、確認する意味も込めてアンフィルに聞いてみた。

「私が詳しいことを説明することはできませんが。そうですね、本人があとで説明するでしょうから、もう少し待っていてください」

その言葉に頷き、捕り物も大方終わって次々と男達が連行されるのを見ていると、少し離れて立っていたわたし達のところに衛兵が駆けてきた。

「申し訳ありませんが、事情を聞かせていただきたいので、詰所へ来てもらえますか」

「ええ、構いませんよ」

わたしもアンフィルと一緒に頷けば、まだ若い衛兵はホッとした顔になる。

ボルッツさんはどうするんだろうと、離れた場所にいる彼の方を見れば。彼もこっちの方を見ていて、左手を軽く挙げると、人差し指をトントンと二回振って手を開いた。

「すぐに合流するので、先に行っていて欲しいとのことです。先に行きましょう」

同じように彼の方を見ていたアンフィルはそう言ってわたしの手を取ると、待っていた衛兵を促して歩き出した。

「もしかして、あれでわかるの？　ええと、こう？」

人差し指をチョンチョンと振って、手をぱっと開いてみせれば。アンフィルは小さく口の端を上げて頷いた。

「これがすぐ、これで先へ行け、です」

なるほど、指の動きに意味があるのね。衛兵の人の後ろについて歩きながら、アンフィルがこっそり教えてくれる手の合図が楽しくて、詰所への道はあっという間だった。

もともと古びていて、ここ最近雨もなかったせいか、よく乾いていた屋敷が焼け落ちるのはすぐで。幸いだったのは、広い敷地だったお陰で、周囲の家屋に飛び火しなかったことだと、衛兵の詰所で合流したボルッツさんが教えてくれた。

　個別に聞き取りをされることになった時、ボルッツさんから正直に話せばいいと言われていたので、わたしは事情を聞きに来た衛兵に素直に話した。

　アンフィルに懸想をする貴族のお嬢様に呼び出されて、夕方、図書館の裏に行った。一人で来いと言われなかったので、彼も連れて行けば、男達に捕まり、あの屋敷に連れて行かれ、拘束され独房に二人で閉じ込められて、わたしは山奥の村に売ると言われ、彼も隣の国に奴隷として売るという話を聞かされた。隙を見て縄を外し、逃げだそうとしていたところ、独房から出され、イラハンナお嬢様がやってきて云々。

　どうせだから、大げさに伝えちゃおうかと一瞬悪い考えが過ぎったけれど、そうしちゃうとマベリンさんの罪も大きくなりそうだし、アンフィルの証言とも食い違ってしまうので、できるだけ感情は入れずに事実を伝える。

所々確認するように補足を促され、それにもきちんと答えると、思ったよりもすんなりと聞き取りが終わった。

「遅くまでありがとうございました、ゆっくり休んでください」

聞き取りをしてくれた衛兵の人にねぎらわれて、部屋を出ると。部屋の外で待っていてくれたボルッツさんに歩み寄る。

「お疲れさん。なんだ、顔にまで怪我してるじゃないか。守り切れないなんて、あいつらしくもないな、まったく」

聞き取りをはじめる前に、簡単に手当をしてもらった頬を見咎めて、ボルッツさんは眉をひそめる。

「こんなの怪我のうちに入らないわよ。わたしの方が早く終わったのね」

「ああ。アンフィルはまだだ」

彼に促され、廊下にあったベンチに座ると、にやにやとしたボルッツさんに顔をのぞき込まれた。

「そういや、あいつに聞いたぞ。付き合うことになったんだってな？」

は、えっ、ええっ？　な、なんで、今更、そんなことっ！

「そんなに真っ赤になって驚かなくてもいいだろう。いいじゃないか、二人が付き合うの、俺は反対しないぞ」

「ち、違うわよっ。付き合うっていうのは、お嬢様が喧嘩売ってきたから、わたしとアンフィルが付き合っているフリをして、彼女に見せつけてやろうっていうだけで。だから、もうこれで決着が付いたから、恋人同士のフリをするのは終わったのよ」

ボルッツさんに説明しながら、なんだか少しだけ胸が苦しくなった。

そうよ、もう恋人同士のフリは終わりなんだから。あんな風に甘やかしてくれたり、手を繋いだり……キスだって……。

思わず思い出してしまった彼の唇の感触に、顔が熱くなる。

ああ駄目だってば、いい思い出だったたって思わなきゃ。両手で顔をぱしぱし叩き、気持ちを切り替える。

「へぇ？　ああ、ウィルラはそのつもりだったのか。だがあいつは――」

ボルッツさんが言いかけた時、正面にある部屋のドアが開き、アンフィルが衛兵の人と一緒に出てきた。

「では、また。お疲れ様でした」

「ええ、お疲れ様です」

立ち去り際に声を掛けてきた衛兵の人に軽く手を上げ、アンフィルがわたし達のところまで歩いてくる。

「アンフィル、お疲れ様」

立ち上がってねぎらうと、彼は目元を柔らかくして頷き、ボルッツさんの方を向く。

「ボルッツも、もう帰れるんですか？」

「ああ、あとは明日ギルドに行って手続きすればいい。今日はもう、さっさと帰ろう」

ボルッツさんの一声で、わたし達は宿へ戻ることになった。

衛兵の詰所を出れば、外は満天の星空だった。

夜風が涼しい道を、三人で歩く。

「丸眼鏡の男と、イラハンナ嬢の護衛の女性は行方不明らしい。他の男達はほとんど捕まったが、何人かは逃げおおせたようだな。もともと、今回限りの付き合いでつるんでいた連中らしいから、潜伏先も掴めないようだ」

宿屋に帰る道すがら、ボルッツさんが歩きながら教えてくれた。

なぜバーアックスがマベリンさんを連れて行ったのかはわからない。もしかしたら、わたしのことを勧誘したように、武人である彼女を仲間に引き入れたのかも知れない。

でもそれよりも、切実に気になることがある。

アンフィルに武人だってばれちゃったのって、やっぱり手を繋いだ時かしら？

小川から戻る時も手を引いてもらったから、もしかしてあの時にはもう？

「イラハンナ嬢は一度、王都へ身柄を移されて審議されることになる。今回は未遂だったから極刑はないが、貴族籍の剥奪は免れないだろうな」

「それが妥当なのでしょうね」

「まったく……我が国で、人身売買に手を出す馬鹿貴族がまだ居るとは。王が聞いたら憤死するぞ。内々に処理しちまいてぇが、そうもいかねぇだろうな」

「では、先に一度、王都に戻りますか？」

「なるべく後回しにしたかったが、仕方あるまいな」

ボルッツさんとアンフィルが話しているのをぼんやりと耳に入れつつ、考えごとをしながら二人のあとをついて行く。

これからは、手を繋ぐのも気を付けなきゃ。あとは、マベリンさんに教えてもらった、手を握る癖も直さないと。

「イラハンナ嬢の父親にはすでに連絡を入れてある。早々に引き取りにくるだろう」

「もっと早く動いてくだされればよかったのに」

アンフィルが恨めしそうに呟く声に、ボルッツさんも苦笑いを零す。

イラハンナお嬢様かぁ。あのお嬢様が暴走したことは大事件だったけれど、でも……一時だけでも、アンフィルと恋人の気分を味わえたのは、いい思い出かも。

こんなことでもない限り、アンフィルみたいな高嶺の花とわたしみたいな武人が、フリとはいえ恋人同士になんてなれるわけないものね。

「ウィルラ、ぼんやりしていますね。疲れましたか？」

突然振り向いたアンフィルに尋ねられ、慌てて首を振る。

「え？　あ、ううん、大丈夫。あとは宿に帰って寝るだけだもの」

そうよ、彼との恋人同士のフリだってもう終わって、あとはまた旅に戻るだけだもの。ぐっすり寝て、明日からは今までどおり、同行者として歩かなきゃ。

そうだわ途中に大きな町があれば、早めに別れてもいいかも。だって、勢いとはいえキスまでしてしまって、気まずいじゃない。

女性の扱いに慣れていそうなアンフィルは、気にしないかも知れないけれど。わたしは無理だわ、いまだって気になっているもの。

「ウィルラ？」

もう一度アンフィルに名前を呼ばれ、慌てて少し離れてしまっていた距離を詰めたわたしの頬に彼の手が添えられ、胸が大きく脈打つ。

そこには、衛兵の詰所で簡単に治療してもらった頬の傷がある。血は止まっているので、傷のあとだけが残っているはず。

触られた傷の痛みよりも、彼の指先がとても熱く感じる。触れられるだけで、火傷しそう。

「申し訳ありません。傷一つ付けないと誓ったのに」

深い後悔の言葉を吐く彼の手をそっと避けて、にっこりと笑う。

「このぐらい平気よ。明日、祈り人に治してもらってくるから。よかったら、ボルッツさんの贔屓（ひいき）にしている祈り人、紹介してもらえる？」

軽い気持ちでボルッツさんにそう聞いたのに、ボルッツさんは即答をせずに、ちらりとアンフィルの方に顔を向けた。

「構いませんよ、ウィルラなら。あなたもいいと思っているのでしょう？」

そして、なぜかアンフィルが答え。ボルッツさんが口の端を上げて頷（うなず）いた。

「ああ。いい人材だと思っている」

いい人材？　脈絡のない二人の会話に首を傾（かし）げるうちに、宿屋についた。

「ウィルラ、少し我々の部屋に寄っていってください」

自分の部屋に入ろうとしたところで、アンフィルに止められる。

正直に言えば、さっさとベッドに入って眠りたい。しっかり眠って、明日の朝までにすっきり頭を切り替えたいのに。

「明日じゃ駄目？」

「そんなに眠いですか？」

重ねて問われたので、頷いた。

「ええ、早く休みたいわ。って、ちょ、ちょっとアンフィル？」

「少しで構いません、お付き合いください」

正直に答えたのに、アンフィルの手がわたしの腰に回り、強引に彼等の部屋に連れて行かれた。

アンフィルが使っている方のベッドに座らされ、部屋に明かりが灯される。

ボルッツさんが、壁に寄せてあった小さなテーブルをベッドの間に移動させ、そこにゴトンゴトンと酒瓶を置いていく。

端正な形の細長い瓶と、無骨な丸い瓶が二本置かれて、首を傾げる。

「お酒？」

「祝勝会も兼ねてな。明日は一日休みだ。ってことで、今日は飲むぞ！」

祝勝会？

首を捻るわたしの横にアンフィルが座った。

「ウィルラが呼び出された時。丁度この町に、ごろつきを排除する依頼が出ていたのを思い出したので、それを受けていたんです。衛兵の手助けもあったので、成功報酬は多少目減りしましたがね」

そう言いながら、つまみになりそうなチーズや燻製肉等をテーブルに並べるアンフィル。

あんなにばたばたしていたのに、いつの間に用意していたのよ……抜け目がないわね、流石ランクの高い冒険者だわ、用意周到。

瓶の栓を抜きながら、ボルッツさんも口を開く。

「なかなかいい金になった。ついでにあのお嬢様とも縁が切れて、万々歳だ。ほら、一杯くらいならいけるだろ？　寝酒だと思えばいい」

そう言って誘うボルッツさんに。そういうことなら、一杯だけ飲んでさっさと部屋に引っ込もうと、彼から受け取ろうとしたグラスが、横から伸びた手に取り上げられる。

「お酒を飲む前に済ませておくことがあります。ウィルラ、こっちを向いてください」

「なに？」

指示どおりに、体ごとアンフィルの方を向くと。彼の手が頬の傷と唇、そして腕や手の傷に触れてくる。

「――っ」

彼に触れられて、勝手に熱くなる頬に、冷静になれと念じる。

「すみません、痛かったですか？　他に傷はありませんか？」

「え、ええ、いま触れたところだけ、だけど」

戸惑いながらそう答えれば、彼は「そうですか」と頷き、もう一度頬に触れる。

深く息を吸い込んだ彼は一度ぴたりと呼吸を止めてから、厳かに『祈り』を紡ぎはじめた。

『アラミイト、ウワナ、ラ、ラ、ソウレイセ、シュレイ、シュウレイ――』

祈りは――途中で息継ぎをしてはいけない。一息で言い切らなくてはならないものだと、村に居る祈り人に教えてもらった。

文言の意味は理解できなくてもいい。優秀な祈り人になる条件は、どれだけ祈りを暗記できるかと、どれだけ息が続くか。

一息に暗唱できる長さでその腕が決まる。

『――ラウレイリア、ソウレイセ、イルド――』

祈りの力によって、体が暖かいなにかに包まれているようにほんのりと熱を持ち、手にできていた傷が目に見えて消えてゆく。

何度見ても不思議なその光景に、治癒されている時独特のふわふわした心持ちで視線を上げれば、わたしを見つめる強い瞳とぶつかった。

『――イル、ハリナ、アーラ』

見つめ合ったまま、長く続いた彼の祈りが終わる。

傷の数だけ短い祈りを唱えるのが普通なのに、一回の祈りですべての傷を治したアンフィルは、間違いなく腕のいい優秀な祈り人だった。

「アンフィルって。祈り人、なの、ね」

驚きに掠れる声で、そう呟いていた。

彼は微かに口の端を歪めると、頬に触れていた手を下ろす。

「まだ、痛むところはありますか？」

逆に問われて、慌てて自分の体を見た。手の傷も、腕の傷も先程見ていたとおり、跡形もなく消えている。

「もう、どこも痛くないわ。アンフィル、治してくれてありがとう」

「私がしたくてしたことです。綺麗に治ってよかった」

アンフィルはそう言いながら、わたしの治ったばかりの頬を、男らしい固い指先で治りを確認するように撫でた。

そして痕一つ残っていないわたしの手に、ボルッツさんがお酒の入ったグラスを握らせる。

「アンフィルが自分から秘密を明かしたのは、俺とウィルラだけだ」

ボルッツさんがそう言い、アンフィルも頷く。

「他の人には内密にしてください。冒険者という職を取り上げられてしまいますから」

少しだけ茶化すように言ったけれど、それが本心であるのはすぐに理解できた。

腕のいい祈り人は、王都に引き抜かれたり、大きな町に勧誘されたりすることが多いと聞いたことがある。もし彼がこんなに腕のいい祈り人だと知られれば、きっと冒険者なんて危険な職業に就いていられなくなる。

「わかったわ、誰にも言わない」

表情を引き締めてそう約束をすれば、アンフィルは柔らかく微笑んだ。

武人であることを隠したいわたしと、祈り人であることを隠したいアンフィルは、似ているのかも知れない。

「よぉし！　ウィルラの傷も治ったことだし、乾杯するぞ」

グラスを手にそわそわしていたボルッツさんは、無理矢理アンフィルの手にもグラスを持たせると、グラスを持った手を天に掲げた。

「それでは、今回の依頼の成功を祝して、乾杯っ」

「か、かんぱーい」

ボルッツさんの勢いに押されて、わたしもグラスを掲げる。

アンフィルは小さくグラスを上げただけで、すぐに口を付けた。

掲げたグラスを下げて中を見れば、琥珀(こはく)色の液体がゆらりと揺れる。

……これって、あの、キツイお酒よね。

恐る恐る口を付けて、ほんの少しだけ含んだけれど。やっぱり、美味しくは感じない。けれど、飲めないこともない。

「なかなかいいお酒ですね、口当たりがまろやかだ」

「おうよ！　今回は奮発したぞ。エルコールの十年ものだ」

エルコールがなんなのかもわからないけれど、アンフィルが感心したようにグラスを明かりに翳(かざ)していることから、滅多には飲めない上等なお酒なんだろうと思う。

わたしとしては……甘い果実酒の方が好みだけど。

わたしがちびりちびり減らしている間にも、ボルッツさんはいい勢いでグラスを空けて、すでに二杯目だ。

「ウィルラは、こちらの方がいいでしょう」

手の中のグラスを取り上げられ、代わりに彼のグラスを握らされる。

中身が琥珀色から葡萄色に変わっていた。口を付ければ、甘みのある葡萄酒で、思わず笑みが零れる。

「折角だから一杯目ぐらいは、いい酒をと思ったんだがな」

わたし達の様子を見ていたボルッツさんが口を尖らせながらチーズに手を伸ばせば、アンフィルは苦笑して、わたしと交換したグラスの琥珀色の液体をコクリと飲む。

「人には、向き不向きがありますから、無理をする必要はないでしょう」

向き不向きかぁ……。

わたしには、可愛いお嫁さんなんて、向いてないのかなぁ。それに、剣を出さずに生きている自分も、想像できない。

あーあ、武人であるわたしを認めてくれた上で、お嫁さんにしてくれる人、どこかに居ないかしら。

そういえば、アンフィルに確認しておきたいことがあるんだった。

「ねぇアンフィルは、いつわたしが武人だって気がついたの？」

ボルッツさんにはまだバレていないかも知れないけれど、もう自分が武人であることを口にするのに躊躇いはなかった。

隣に座るアンフィルをジッと見つめれば、彼は目元を和らげて口を開いた。

「そうですね、二日目でしたか。マメが潰れても、弱音一つ漏らさずに頑張って歩き通して。早々に寝入ったあなたに祈りを掛けた時、気付きました」

ふっ、二日目っ。そんな早くからバレてたなんて……っ。それに祈りを掛けてくれてたなんて、ちっとも知らなかったわ、だってあの村の祈り人がやってくれたと思ったんだもの。

わたしが武人だと告白したのに、案の定これっぽっちも驚いていないボルッツさんに視線を向ける。

「因みに、ボルッツさんは？」

かまを掛けるようにそう問えば、すんなりと答えが返される。

「俺は、最初からだな」

「さ、最初から？」

しれっと返ってきた言葉に、思わず聞き返す。

「もっと正しく言えば、会う前から知っていた。ウィルラの兄のグランは、昔、俺の直属の部下だったからな、なにかと話もしたし、いまだって交友は続いている」

はじめて聞く話に、頭の中が熱くなる。

え？　ええっ？　会う前から？　兄さんがボルッツさんの直属の部下？

きっと王都で兵士をしていた時の話よね。兄さんがどこに配属されていたのかとか知らないけれど。ええと、兄の上官ということは……。

「ボルッツさんも、兵士だったの？」

「ああ。いまも軍籍にはあるがな」

……ということは兵士だった、じゃなくて、いまも兵士ってことよね。あれ？　冒険者なのに兵士、なの？　それに、兄さん、ボルッツさんのこと知っていたのに、知らない顔してわたしが二人と一緒に旅に出るのを見送ってたってわけ？　でも、アンフィルはわたしのことは知らなかったみたい、よね？　あれ？　アンフィルは兵士ではないの？

美味しそうにグラスを傾けるボルッツさんを見ながら混乱する。どこからなにを聞けばいいのかわからない。いま聞かないと、聞けなくなる気がするけれど、それともこれ以上は聞いちゃいけないことかしら。

お酒のせいか、それとも眠気のせいか、頭がうまく回らなくて泣きたくなる。

ボルッツさんは琥珀色のお酒で口を潤すと、ゆっくりと口を開いた。

「あいつは……自分のことをあまり話さない男だが、十以上も年下の妹のことは可愛かったみたいでな。はじめてウィルラが武人だとわかった日には、荒れていたぞ。お前の親は喜んでいたみたいだがな」

ボルッツさんは思い出すような目をしながら、そう教えてくれる。

そうだ、両親、というか、母は喜んでいた。わたしが小さな両手に出した、二振りの剣を見てそれはもう大喜びで。その時の喜びようをわたしは覚えている。

だから、わたしが大きくなるにつれて、ギルドの仕事で少しずつ家を長く空けるようになった両親の喜ぶ顔を見たくて、毎日剣の練習を欠かさなかった。

だけど……兄さんは長期の休みで家に戻ると、黙々と剣の練習をする、まだ子供だったわたしに、言葉少なに「剣だけが道じゃない」と何度も言っていた。

もしかしたら、わたしが剣を重荷に思う日が来ると、わかっていたのかも知れない。

「そう、なんですか。兄が……」

当時はどうしていじわるなことを言うんだろうと、悲しく感じていたけれど。わたしに剣以外の道も見て欲しいと願っていた兄の優しさに、胸が熱くなる。

両手で包み込んだグラスに口を付けて、溢れそうになる熱い塊を、葡萄酒と一緒にごくりと飲み込んだ。

熱い塊が胃の中に広がり、熱い息が零れる。

なんだかもう、胸が一杯で。ボルッツさんのこともアンフィルのことも、詳しく聞かなくってもいいや。

「ウィルラ、口当たりはよくても、この酒はキツイので。なにか摘まみながら飲まないと、すぐに酒に飲まれてしまいますよ」

　近くから掛けられた言葉に素直に頷く。

「そう、ね。うん、そうする」

アンフィルの助言に従い。手を伸ばして、テーブルの上のチーズを取ろうとすれば、横から彼の手にそれを取り上げられる。

　ムッとして顔を上げれば、その口の先にチーズが差し出された。

「自分で食べられるわよ」

　じっとりとアンフィルを睨み上げれば、少しだけ目元が色づき色っぽさを増した彼の切れ長の目に見下ろされる。

「私が食べさせたいんです」

　まじめな声で言い返されて、思わず頷きそうになったけれども。流されちゃダメダメ！　もう恋人同士のフリは終わったんだから。

　アンフィルの手からチーズを取り上げて、自分で食べる。塩気が効いていて、甘い葡萄酒と相性がいい。

　彼の恨めしげな視線を無視して、チーズをちびちび食べながら葡萄酒を少しずつ飲む。

「お前、本当にウィルラのことを気に入ってるなぁ」

すでに三杯目のグラスを干しているボルッツさんが、わたしとアンフィルの様子を見て楽しげにそう言うと、わたしからチーズを取り上げられて不満げな顔をしていたアンフィルが小さく笑う。

「ええ、気に入っていますよ。気が強くて負けず嫌い、その上、一生懸命で責任感が強くて、その割に初心(うぶ)で。こんなに可愛い女性、気に入らないはずないじゃありませんか」

「なっ、なに言ってるのよっ」

か、か、可愛いってっ、そんな優しい顔して、どうしてそんなこと言うのよっ。

まるで、恋人のフリをしていた時のような彼の言い様に、顔が熱くなる。

「そういや、いつからだ？　お前が割とはじめのころから、ウィルラのことを気に入っていたのは知ってるが」

グラスを傾けながら楽しそうに聞いたボルッツさんの言葉に、アンフィルは思い出すように遠い目をする。

「そうですね……。いま思えば、私に食って掛かるウィルラが、実は足を痛めているのを一生懸命隠していたころからですかね。顔に出さずに痛みを耐えているいじらしさに、やられました。勿論(もちろん)そのあとも、遅れを取らないように、こっそり荷物を減らしたり、努力している姿も好ましかったのですが――」

「え？　あ、な、なっ、なに言……っ」

「この思いを決定的に自覚したのは、ウィルラと二人で飲んだ時でしょうか。あの時、あなたから付き合って欲しいと言われて、どれ程嬉しかったかわかりますか？」

そう言って、まるでわたしのことが好きだと言わんばかりに、優しい目でわたしを見下ろす彼に、胸がバクバクと音を立てる。

「最初はあれだけ、喧嘩腰だったのになぁ」

しみじみと言うボルッツさんに、思わず同意して強く頷く。

そうよ、憎まれ口ばっかりだったのに、なんで口説くみたいなこと言ってくるのよ！　あれ？　まさか、まだ、フリを続けているのかしら。

そうよね、こんなにかっこいいアンフィルがわたしのことを好きだなんて。そんなこと、あるはずないもの。もしかして、わたし、アンフィルにからかわれているだけじゃない？　実は、まだ恋人同士のフリをしてただけでした、なんて。……グラスを握る手に力が入る。

ちらりと横目で見たアンフィルと目が合い、思わず睨み返して、手に持っていた葡萄酒を一気に呷り、グラスをテーブルに戻す。

「わたし、部屋に戻ります。おやすみなさいっ」

アンフィルが言ったように、甘い口当たりに反して酒精が強いお酒にくらりとしながら、部屋に帰るべくベッドから立ち上がろうとした――のに。

「もうっ！　離してよっ」

「なぜです？　恋人を膝に抱くのを我慢する必要が、どこにあると？」

　立ち上がりかけた腰を引かれ、彼の膝の上に横座りに座ることになって、慌てるわたしとは対照的に。アンフィルは至極まじめな口調でそう言いつつ片腕をわたしの腰に回して、わたしを膝の上から逃がさない。

「こ、恋人って！　それはもう終わったでしょっ。あのお嬢様のことが片付いたんだからっ」

　アンフィルの手を一生懸命引きはがそうとしているのに、びくともしない。

「ええ、ウィルラのお陰でケリが付きました、とても感謝しています。それはそれとして、終わったというのは？」

「恋人同士はフリだって言ったでしょっ。だからもう、こんな風にくっついちゃ駄目なの」

　抱き寄せてくる彼の固い胸を押して、なんとか体を離そうとするけれど。揺らぎはするけれど、離れることはできない。

「終わってませんよ。といいますか……終わらせませんよ？」

　耳に囁いてくる声に、ぞくりと背筋が震える。

　わたしじゃどうにもならないから、これはもうボルッツさんに一言言ってもらおう！　と彼の方を見れば、なんとも嬉しそうな顔でわたし達の方を見ている。

「ボ、ボルッツさん？　あの、アンフィルを止めてもらえない？」

　一縷の望みを込めてそうお願いする。

「無理だな」

ボルッツさんから無情な却下を食らい、途方に暮れる。

「な、なんなのよ、もうっ。アンフィルッ、離してよっ」

押しても引いても駄目なアンフィルの膝の上で、散々頑張って、それでもやっぱり駄目で、諦めて彼の胸に頭を預ける。

ううっ……暴れたら、さっき飲んだお酒がまわってきた。

わたしの腰に回るアンフィルの腕が抱き直すように動き、膝の上にきちんと座らされた。

「こうやって、おとなしく、私の腕の中に居てください」

思いのほか酒臭い彼の吐息に、顔を背ける。

そういえば、この人さり気なく何杯もグラスを空けていたわよね。ということは、また、なのかしら？　また……酔っ払ってるのね。

「アンフィル、あなたお酒に弱いんだから。どうせまた、忘れちゃうんでしょ！」

恋人のフリをすることになったあの日だって、酔っ払って次の日には……キスしたことなんてすっかり忘れてたんだからっ。

翌日にはケロッとした顔をしてわたしを武器屋に誘う彼に、こっそり胸を痛めていたことなんか知らないくせにっ。

思い出したら、じんわりと涙が滲んできた。

「忘れる？　こいつ、酒を飲んで記憶をなくしたことなんて、いまだかつてないぞ」

　ボルッツさんの言葉に、キッと彼を睨む。

「そんなことないわよ。だって、二人で酒場に行った日、あんなに優しかったのに、次の日にはいつもどおりで……っ」

　思わず零してしまった言葉に、慌てて口を噤み、恥ずかしくてうつむいた。うつむけた頭を大きな手のひらが優しく撫で、その手が肩に回り彼の胸元に引き寄せる。

「それは、私も少々照れくさかっただけで、他意はなかったのですが。ウィルラ、私が素っ気なくて、そんなに寂しかったですか？」

　なんてことを言うのかしら！　寂しい、なんて！　そんなの、わざわざ言わなくてもいいじゃない！

　恥ずかしさに顔を逸らしたわたしの背を撫でて、宥めるような口調で言葉が続けられる。

「あの時、あなたが告白してくれて、私が受け入れたのですから、いまもちゃんと成立していますよ。あなたは、私の彼女です」

「だ、だって。あれは、お嬢様に当て付けるための、方便で――」

　言い返そうと顔を上げたわたしを、彼の鋭い視線が貫く。

「残念ですが。今更、なかったことになんてしませんよ」

　とても綺麗な笑顔で言い切られ、なにも言い返せない。言い返せるような、そんな空気じゃない。

冷や汗が背中を伝うわたしを尻目に、彼は少しだけ視線を柔らかくして言葉を重ねる。

「あなたの思い描く家庭を、いまはまだ叶えられませんが。あなただけを愛することを誓いますから、私で我慢してください」

わたしの思い描く家庭ってどういうこと？　わたしだけを愛する、って言ったの？

なんだか、とっても、愛の告白のように聞こえるんだけれど。告白、よね？　なのにどうして、謙虚な言葉とは裏腹に、こんなに背筋がゾクゾクするんだろう。

「あ、あの、アンフィル？　あなた、ちょっと飲み過ぎなんじゃないの？」

思わず口から出てしまった言葉に、たちまち彼の視線に鋭さが戻る。

「飲み過ぎてなんか、いませんよ」

きっぱりと言い切る彼だけど、息は酒臭いし、行動はおかしいし、酔っ払っている以外に考えられないわ。

「酔っ払ってるヒトって、自分が酔ってるとは言わないものよ」

「飲み過ぎても、酔ってもいません」

ムッとした口調で言い返すその言葉が、少し幼く見えて思わず頬が緩む。

「まぁまぁ。折角の祝勝会だ、仲良くやろうじゃないか。ほら、アンフィル」

そう言ってボトルをアンフィルに差し出すボルッツさんに、アンフィルは仕方なさそうにグラスを差し出す。

「ひとが、決死の覚悟で告白しているのに。まったく……」

そう独り言のようにぼやいた言葉に、えっ？　と顔を上げたけれど、アンフィルの視線はわたしを通り越してボルッツさんに向かっていた。

「それにしても、私より先にウィルラのことを知っていたとは、少し腹立たしいですね」

「お前がそんなに、独占欲が強い男だとは知らなかったぞ」

苦笑いするボルッツさんに、アンフィルも真顔で頷く。

「自分でも知りませんでしたよ」

少し拗ねたような口調で、グラスを傾ける彼の横顔をちらりと見上げ、視線を下ろす。

本気……だったのかしら、さっきの言葉。

急にドキドキしてきた胸の音を知られたくなくて、体を固くする。

でも、だって、アンフィルみたいに強くて格好いい男の人が、わたしみたいな、村娘……それも武人の、なんて、相手にするはずないもの。

「そういえば、もう届いていたのですか、アレは」

「ああ、今朝届いていた。ええと、どこにしまったかな」

アンフィルには、きっと、おとなしくて美人の……もしくは、清楚で可愛らしい女の子の方が似合うもの。わたしみたいに二振りも剣を出せちゃうような武人で、すぐに口喧嘩しちゃうのは、きっと彼に似合わな――

「ほら、ウィルラ、手紙だ」

「え？」

ぼんやり考えごとをしていた目の前に、ボルッツさんから手紙が差し出される。

宛名は確かにわたしの名前で、とっても見覚えのある字に、首を傾げながら彼から手紙を受け取った。

「なんで、お父さんから？」

基本的に母は文字を書かないので、必然的に目にするのは父の文字になる。

それにしても、両親には内緒のうえ、兄達もわたしの居場所はわからないはずなのに、どうしてここにわたし宛の手紙が届いているのかしら。

丁寧なその字に懐かしさを覚えながらも、恐る恐る封を開け、少し大きめの字が綴る文書を目で追ってゆく。

読み進めるうちに、どんどん目が据わり。最後の一文字を読み終え、更にもう一度最初から目を通して、思わず手紙を握りつぶしそうになってしまった。

握っていた部分にシワが寄るのはしかたないわよね、だって、内容が内容だもの。

「これって、どういうことかしら……ボルッツさん？」

手紙から目を上げて、そのままボルッツさんを捕らえる。

グラスに殊更ゆっくりと酒を注ぐボルッツさんは、明らかにわたしと視線を合わせまいとしている。

「あー。なんて書いてあった？」

視線が合わないまま問い返されて、仕方なく口を開く。

「ボルッツさん達に付いて、冒険者として技術を身につけなさい、って書いてあるんですけど。わたし、冒険者になる予定、これっぽっちもないんですけど。――どうして、こんな手紙が届いたか、ボルッツさんならきっとわかるわよね？」

にっこりと笑顔で首を傾げて見せると、ボルッツさんは観念したようにグラスをテーブルに置き、わたしに向き直った。

わたしはいまだにアンフィルの膝の上に乗せられているから、どうしても横を向いてしまうけれど、腰に回った手が頑なに離れないので、諦めて上体だけボルッツさんの方に向ける。

もう、いい加減離してくれればいいのに。それとも、わたしがボルッツさんを殴りに行かないように、警戒しているのかしらね。

ボルッツさんもちらりとアンフィルの方を見てから、なにも言わずにわたしに視線を戻す。

「村で、ウィルラが俺達に話を持ってきたあとに、グランが訪ねてきた」

それは、ボルッツさんと兄さんが知り合いだって知った時に、そうじゃないかなとは思ったけれど。

「妹をくれぐれも頼むと言われ、俺は、一つ取引をした」

「取引？」

なんだか、嫌な予感がする言葉を繰り返し、先を促す。

「ああ、もしもウィルラが使える人材なら、俺が勧誘するのを承知しろと」

わたしが使える？　勧誘って？

なにを言っているのか把握できていないわたしに、ボルッツさんは真剣な目を向ける。

「ウィルラ、俺達と一緒に旅をしないか」

なぜ、旅なの？　だって、ボルッツさんって冒険者よね？　あれ？　軍籍があるってことは軍の人？　冒険者じゃないの？　あ、でも、わたしアンフィルの徽章は見たけれど、ボルッツさんのは見ていないわ。もしかして、冒険者なのはアンフィルだけなのかしら？

そもそも、そこからわからなくて、混乱したまま口を開く。

「ちょっと待って。ボルッツさんって……なにをしている人なの？　冒険者じゃないの？」

「冒険者だ、ちゃんとギルドにも登録してある。ほら」

そう言って渡された徽章は、アンフィルと同じ銀で、アンフィルと同じくらい彫金が施されていた。

「本当ね。じゃあなんで、軍の籍もあるの？　兵士が冒険者なんて、おかしいわよね？」

銀の徽章をボルッツさんに返し、訝しみながらそう聞く。

「そう思うのは当然だな。冒険者をやっているのは、仕事の関係上その方が都合いいからだ。俺の本当の名前は、ボルテッツァ・ファン・ベイジズと言ってだな――」

ファン……それって、貴族姓じゃ……？　それにベイジズと言えば、この国で、王都に次ぐ大きな町の名前だったわよね。ってことは、その大きな町を取り仕切る大貴族ってこと？

なんだろう、聞いちゃいけないことを聞いている気がする。

「そこの四男だから、領を継ぐとかそういう責務はない。これでも本職は軍人でな、冒険者として、アンフィルと組んで諸国を渡り歩き、各地の情勢を中央に伝える役割を担っている」

しれっとした顔でそう明かしたボルッツさんに、わたしの顔は盛大に引き攣る。

「ねぇ、それって。わたしみたいな村娘なんかに言ってもいいことなの？　極秘事項とか、機密事項とかじゃないのっ？」

まさか、わたしみたいな村出身の、しがない女の子が聞いて拙い話なんてしないわよね？するわけないわよね？

宥めるようにアンフィルの大きな手のひらが、わたしの背中をさするけれど、それが諦めろと言っているようで落ち着かない。

「ああ、勿論口外無用だぞ。それでだ、ウィルラが武人であることも重要だが、根性があるところも、女らしいところも、口が固いところも重要な評価点だ。そしてなにより、一番重要だったのがアンフィルとの相性だな。こいつは、見てのとおり顔がよ過ぎるんだ。だからこいつの中身を見ない女ばっかりで。いい加減、ひねくれて、一周回って悟りを開くんじゃないかと、やきもきしてたんだが――」

なんでもないことのように、極秘事項をしゃべられてる……っ。それになに？　アンフィルが悟りを開くって、なんのこと？

「よもや、ここまで仲が進むとは思っていなかったが。本当によかった。ウィルラ、末永く、アンフィルのことをよろしく頼む」

涙ぐんだボルッツさんがテーブル越しに身を乗り出して、無理矢理手を握ってくる。

「――絡み酒」

頭上から、アンフィルの低い声が落ちてきて、そういうことかと納得する。

そういえば、一人でカパカパと飲んでいたわよね、このキツイお酒。気がつけば、すでに一本半も空いている。

いや酔っているからと言って、聞いてしまったことがなくなるわけじゃない。それに、わたしが二人について行くとか、もう、なにがなんだか。

手をぎゅうぎゅうと握られながら、なんとか彼を説得しようと試みる。

「あのね、ボルッツさん、わたし、一緒に行くことは――」

「ボルッツいい加減、ウィルラの手を離しなさい」

いらいらした調子でそう言ったアンフィルが、わたしの手を握るボルッツさんの手を掴んで強引に剥がし。それから、わたしの顎を指先で持ち上げて上を向かせ、視線を合わせる。

「ウィルラも、もう観念しなさい」

観念って、言われても……っ。そんなの、そんなの……っ。

「観念なんてできるわけないでしょっ。一生のことよっ！　一緒にってことは、冒険者になるってことなんでしょ？　でもわたしの目標は、可愛いお嫁さんになることなのっ」

キッとアンフィルを睨むと、彼の視線が柔らかく、溶けた。

「勿論、追い追い、可愛いお嫁さんになってもらいますが。まずは、私と恋人同士の時間を楽しみませんか？　それから、手順を踏んで求婚させてください」

彼の幸せそうな笑みと、彼からの告白に、胸がきゅうっと締め上げられる。

お酒のせいじゃなく、顔が一気に熱くなる。

顎に添えられた彼の手を外して、顔をうつむける。

「な、なんで……なんでよっ。わ、わたしが武人だって知ってるでしょっ」

彼の固い胸元に置いた手が、ぎゅっと彼の服を握る。

「知っていますが、それがなにか？」

心底不思議そうに聞かれ、恐る恐る顔を上げると。ん？　と綺麗な顔が傾げられた。

もしかして、本当になんとも思ってないのかしら……。

「だって、武人よ？　剣を出せちゃうのよ？」

「ウィルラ。そいつは、そんな細かいことを気にするような奴じゃないぞ」

アンフィルの言葉が信じられずに、詰（なじ）るように彼に尋ねたわたしに、ボルッツさんが柔らかな声で答えてくれる。

ボルッツさんとアンフィルを見比べる。

細かい……武人って、細かいで済む程度のものなのかしら。村では、武人だからって、まったく女の子扱いされなかったのに？

「だから安心して付き合えばいい。ウィルラが考えているようなことは、杞憂（きゆう）だ。もう何年もこいつとつるんでいるが、一度決めたことは貫く人間だと保証しよう。祈り人でありながら、それを隠しきって冒険者になった猛者（もさ）だからな」

まるでわたしがなにに拘（こだわ）っているのかわかっているという様子で、ボルッツさんが口の端を上げて笑う。

本当に信じていいのかしら。わたしをお嫁さんにしてくれるという、彼の言葉を。

途方に暮れた気分でボルッツさんを見ていると、ボルッツさんが小さく笑う。

「とはいえ、まだ出会ってすぐだ。お互いのことだってまだわからなくて、不安だろう。だからまずは俺達と一緒に、旅をして色んなところを巡ろう」

「旅……」

呆然（ぼうぜん）と繰り返すと、我が意を得たりと頷かれる。

「俺は情報収集と小遣い稼ぎ、そして正体を隠すのを兼ねて、冒険者としてギルドの仕事を受けている」

「冒険者をしているのは、仮の姿ってことかしら？」

各地の情勢を中央に伝える仕事をしているって言ってたものね。そう考えると、冒険者という職業はうってつけよね。

「アンフィルとしては、そっちが本業だな」

ボルッツさんがそう言うと、アンフィルが頷いた。

「ええ。私の職業は冒険者ですから」

アンフィルは冒険者になるのが夢で、祈り人ということを隠しているんだものね。

そっか……どっちも、お互い都合いいのね。でも、そうしたら、わたしはどういう立ち位置になるのかしら？　大きな問題だってあるわ。

「でも、わたしはずっと一緒には居られないでしょ？　だってわたし、冒険者じゃないもの。それに、たとえギルドに登録して冒険者になったとしても。ランクが違いすぎて、銀の徽章を持つ冒険者のあなた達と、一緒に行動はできないわよ」

言いながら、欠伸(あくび)をかみ殺すと、目尻に浮いた涙を固い指先に拭(ぬぐ)い取られる。

「では、ウィルラは冒険者ではなく、私の恋人ということで一緒に居ればいいのではないでしょうか。恋人同士が一緒なのは、おかしくないでしょう？」

「アンフィルの恋人？」

ゆっくりとした優しい声で囁かれた内容に、うまく動かない頭で考えてから、するりとアンフィルの膝からベッドの上にお尻を移動させる。

「アンフィル。それじゃきっと駄目よ」

ぬくもりを少しだけ惜しく思いながら、アンフィルと向かい合って座る。

「どうしてですか？　ウィルラは私の可愛い彼女で、いいでしょう？　一緒に旅をしてくれたらそれで――」

「それでいいわけないわよね？」

彼の言葉を遮り、女であるわたしを仲間にと望んだボルッツさんの方を向くと、緩く微笑んだボルッツさんが頷いた。

「そうだな、ギルドに登録するのは絶対条件だ。ランクの差を多少埋める当てはある、あとはウィルラ次第だ」

ボルッツさんの答えに頷いて、立ち上がる。

「わかったわ、明日の昼くらいまで考えさせて。おやすみなさい」

二人の返事を待たずに、自分の部屋に戻ったわたしは……取りあえず、夜中に悩んでもいいことないという先人の教えに従って、ベッドに潜り込んで、眠気に抗わず目を閉じた。

テーブルの上の水差しの水を飲み、窓を開ければ。外はすでに活気に満ちていて、随分寝過ごしたことを知る。

まぁ、今日は一日休みって言っていたから、どれだけ寝過ごしてもいいんだろうけれど。

それにしても――

「答え、出さなきゃいけないわよね……」

飲み過ぎて記憶がなかった、ってことにしちゃおうかしら。

お酒臭いため息を吐いて、窓から体を起こす。

水差しの水で顔を洗い、軽く体を拭いて、髪を丁寧に梳いてから簡単にまとめれば、少しだけ頭がしゃっきりした。

荷物を広げ、足りなくなりそうなものを確認してから、まだ寝ているであろう二人には声を掛けず、気分転換に町に出る。

空を見上げれば、太陽は真上で。意識すればお腹が小さく鳴った。

どこかで軽く食事をとろうと、きょろきょろしながら町を歩いていると、不意に目の前に人が立ち、驚いて足を止めた。

「こんにちは、ウィルラさん」

「マベリンさん……」

お仕着せではない、動きやすそうなワンピースを着て、つばの広い帽子を被った彼女は、まるで本物のお嬢様のようだった。

「無事、だったのね。よかったわ」

あの火の中に飛び込んだのに、傷一つ付いていない彼女にホッと胸をなで下ろす。

「ありがとうございます。あなたには、一言お礼を伝えたくて参りました。お時間をいただけますか？」

そう言ってきた彼女の表情は、以前の彼女よりもずっと明るく、顔色もよくなっていた。

「いいわよ。ああ、そこの喫茶店にする？　わたし、ご飯まだなのよ。軽く食べてもいいかしら？」

そう言ってすぐ傍にある喫茶店を指させば、彼女は笑顔で頷いた。

「はい。では、私も」

洒落た雰囲気のそのお店に入り、店の奥の空いている席に、向かい合わせに座って。サンドイッチと珈琲を注文した。

「あー、お酒臭くてごめんね。ちょっと昨日飲み過ぎちゃって」

あらかじめ謝っておくと、呆れたような視線を向けられてしまった。

「あれだけのことがあったのに、飲む元気があるなんて凄いですね」

「言わないで。本当に、ちょっとおかしかったのよ。色々と」

頭を抱えている間に、運ばれてきた珈琲を一口ゆっくりと飲んで、彼女から顔を背けて息を吐き出す。

クスクスと笑う彼女も珈琲を飲み、サンドイッチに口を付けた。

「それで、あなたの方はどうなの？　無事なのはわかったけれど、あのお嬢様のところへは戻らないんでしょう？」

そう聞けば、勿論ですと頷かれた。

「実は、あの時私を助けてくれた方と一緒に行動しているの。だから、いま私、ちょっとお尋ね者なんです」

「そう、お尋ね者なのね。……は？　お尋ねも……っ」

思わず珈琲を零しそうになったわたしに、彼女はしーっと口の前に人差し指を立てる。

「あなたのお陰で。私も、誰かの言いなりになるのではなく、自分で生きる道を選ぶ勇気を持つことができました。本当にありがとう」

そう幸せそうな顔で言う彼女に、眉根が寄る。

「わたし、なにもしてないわよ？」

彼女はわたしの言葉を、首を横に振ることで否定して、サンドイッチに手を伸ばす。

わたしも自分の分のサンドイッチに手を伸ばし、二人で黙々とそれを食べた。

――生きる道を選ぶ、勇気。

彼女の言った言葉に心が少し熱くなる。わたしが生きたい道……可愛いお嫁さん。そして、その相手に武人である自分を隠さずにいること。

それなら……もう、答えは目の前にあるじゃない。あとは、そこに踏み出す勇気。

ああでも、あの綺麗な顔の横に並ぶのって、本当に勇気、要るわよね。

ひとしきり食べ終え、珈琲を飲んで口の中をすっきりとさせてから、しっかりと彼女を見つめる。

「ねぇ、本当に、大丈夫なの？　あのヒトについて行って」

「大丈夫です。もし、大丈夫じゃなくてもいいんです。私が選んだことなのですから」

そう言いながら帽子を被り、席を立つ彼女と同じくわたしも喫茶店を出る。

「なんだか、逞しくなったわね。いまのあなたの方が素敵だわ」

「ふふっ。ありがとう、あなたが私の目標なの。もしかしたら、またどこかでお会いすることがあるかも知れませんね。ご自愛くださいませ」

彼女はそう言って、スカートを軽くつまんで素敵な淑女の礼をすると、わたしの横を抜けて歩いて行ってしまった。

彼女の背を見送っていると、その先に、立派なスーツに中折れ帽を被った青年が居て、彼女は彼の差し出した肘に手を掛けた。

彼がちらりとこちらを見て彼女に何事か囁くと、彼女は彼からなにか受け取ってぱたぱたとわたしの方へ戻ってきた。

「こちらを、アンフィル様にお返しください。では、失礼致します」

彼女はそう言うと、返事を待たずにスーツの紳士の元へ戻る。

わたしの手の中には、見覚えのある凶悪なグローブ。

ハッと顔を上げれば、スーツ姿の紳士は胸元から出した丸眼鏡を掛けると、にやりとわたしに笑みを投げ、彼女をエスコートするように歩いて行ってしまった。

「……バーアックス」

まるで紳士淑女のような、二人の背中を見送る。

見送って、よかったのかしら。少なくともバーアックスは、お尋ね者として手配されているのよね？

そういえば、マベリンさんも手配されていると、自分で言っていたけれど……。

町中でバーアックスを捕らえる程の力は自分にないのはわかっているけれど。
二人をただ見送ってしまったことを後悔しながら宿に戻れば、二階の廊下の突き当たりの窓

辺で涼んでいるアンフィルが居た。

逆光になっていてどんな表情かはわからないけれど、立っているだけでこんなにさまになるなんて。顔がいいだけじゃなくて、頭からつま先まで全部が格好いいのよね。

「ウィルラ？」

思わず立ち止まって彼を観察していたわたしを、彼が手招きする。

ゆっくりと歩み寄ると、手を引かれ、頬にキスを落とされた。

「お帰り、ウィルラ」

キスされた頬を押さえ、絶句しているわたしに。彼は少し掠れた声でそう言う。

も、もしかして。いまのはお帰りの、キス？　前に理想の旦那様の話をしている時に、いってらっしゃいと、お帰りのキスをするのって言ったから？　でも立場が逆よ、わたしがお帰りなさいって言う方よ？

背に腕を回され、強く抱きしめられた。

「アンフィル？」

なんだか、彼が必死な感じがして、戸惑う。

くっついた彼の胸がドキドキと強く鳴っているのを感じて、キスされたことを怒るよりも、心配が先に立った。

「どうしたの？」

そう問いかけた時、アンフィル達の部屋のドアが開いてボルッツさんが顔を出した。

「おう、帰ったか。そいつな、昨日お前に強引に話を進めたことをな——」

「ボルッツ！　余計なことは言わないでください」

ご機嫌な様子で言いかけたボルッツさんを鋭く遮ったアンフィルの剣幕に驚き、その拍子に大事なことを思い出し、ポケットにしまっていたグローブを取り出してアンフィルに渡した。

「ウィルラ？　これは……」

「わたし、町でバーアックスに会ったの。あの……マベリンさんにも」

言っていいのか迷いながら、彼女の名前も口にする。

「ああ。あいつは俺の同業者みたいなものだから、問題ないぞ。マベリンも、マードレイ家から捜索願いは出ているが、すぐに取り下げられるだろうから大丈夫だ」

あっけらかんとそう答えた彼に、拍子抜けする。そ、そっか、同業者だから大丈夫な……えっ、ええっ？　同業者っていうことは。

「彼も、ボルッツさんみたいな仕事をしている人なの？」

なるべく小さな声で、こそこそと彼に聞けば、察した彼に部屋に通されて立ったまま話を続けた。

「いや、あいつはどこにも所属していない情報屋だ。実は、今回はあいつのお陰もあって、大量のならず者達を一度に捕らえることができたんだ。ちょっと危なかったが、丸く収まってよかった、よかった」

機嫌がよさそうにそう言うボルッツさんを尻目に、考える。

情報屋？　あいつのお陰で、ってことは。

「ボルッツさんとバーアックスって、知り合いだったの？　もしかして、アンフィルも？」

あの廃屋で彼と剣を交わしていたのは、まさか演技だったの？

あの戦いが演技なら、わたし、恥ずかしくてもう二度と剣を出せないわよ。

窓際に立つアンフィルを見れば、首を横に振られた。

「私は基本的に、ボルッツに言われたことを行う実行部隊です。頭脳労働は、ボルッツの仕事なので。私はあの男のことなど知りません」

アンフィルが肉体労働で、ボルッツさんが頭脳労働担当だったんだ……。そういえば、行動の端々にそんな気配があったかも。

「二人とも……外見を裏切ってるわね……」

だけど、そうね、仕事的にもその方が、行動しやすそうだものね。

がっくりと肩を落としたわたしに、ボルッツさんが肩を叩いた。

「あっはっはっは、意外性があって面白いだろ？　それで、腹は決まったか？」

ボルッツさんのその一言を受けて。丸めていた背筋を伸ばしてボルッツさんを見て、それから少し顔を緊張させているアンフィルを見た。

顔が少しだけ熱くなるのを自覚しながら、視線をボルッツさんに戻す。

「ええ、決まったわ。未熟で迷惑を掛けると思いますが、よろしくお願いします」

そう答えると、ボルッツさんは満足そうに一つ頷いた。

「さぁて、それじゃギルドに行って、ウィルラの登録をしてこなきゃな。実績があるから、ランクが上がるのも早いだろう」

「……実績？」

ご機嫌なボルッツさんが、上着の内ポケットから一通手紙を取り出すと、わたしに見えるように広げた。

これって、兄さんの字ね。最後に村長直筆のサインまでしっかり入ってるわね。

「ギルド登録の推薦状？　なにこれ、いままで村で手伝わされた、獣の討伐とか盗賊狩りの実績じゃないっ。いつの間にこんなの……っ」

「これがあると、登録が円滑に進むんだ」

そう言って、にんまり笑ったボルッツさん……頭脳労働担当というのは伊達じゃないわね。

しっかり根回しが済んでいて、あとはわたしの気持ち一つだったんじゃない！

憤慨しつつ、三人でギルドに向かった。

「お嬢さんが冒険者登録ですか？　ああ、推薦状がおありなんですね。ほぅ、これはまた、素晴らしい経歴をお持ちだ。ふむふむ。ではこちらで、腕前を見せていただきましょうか」

はじめて入ったギルドという場所にドキドキしながら、受付を担当してくれる渋い口髭のおじさん……否、おじさまに案内され、隣の部屋に通される。

「お二方はいかがなさいますか？　ウィルラ様がよろしければ、見学も可能ですが」

落ち着いた色合いのスーツにベスト姿の受付のおじさまが付き添いである二人にそう声を掛ければ、二人とも見学したいとのことで、わたしが了承して一緒に部屋に入った。

ギルド登録に来た新人の実力を見る場所だということで、天井も高く広めに作られているその部屋の真ん中に立つ。

「ウィルラ様は武人なんですね。推薦状もありますし、なにより『剛拳のアンフィル』様とボルッツ様の後ろ盾もありますので。そうですねぇ……」

髭を撫でながら推薦状に目を落として思案している彼の様子を見ながら、ちろりとアンフィルの方に視線を向ける。

剛拳のアンフィル――

そうよね、実力に基づいた二つ名だから、恥ずかしくないのね？　恥ずかしいと思った方が恥ずかしいのよね。

わたしは絶対に、双剣のウィルラなんて呼ばれるのは御免だけど。

「ウィルラ様の見極めお相手ですが。私個人としましては、アンフィル様にお相手していただければ、大変嬉しいところなんですが――」

「カンター、気持ちはわかりますが。はじめは、職員が相手せねばなりませんよ」

耳障りのいい低めの女性の声に入り口を見ると、わたしよりも長身で、男性のようなスーツを身につけたすらりとした女性が、わたしの方へ歩いて来た。

「私、このギルドの副所長を務めております、マリーギーと申します。お身内同士ですと、慣れがありますので。申し訳ありませんが、こちらで相手を用意させていただきますね」

控えめな笑顔でそう説明されて、納得する。

実際のところ、彼と剣を交えたことはないので、慣れはないのだけれど。ギルド側からすれば、そんな内情は知らないことなので当然の対応だと思う。

「はい。よろしくお願い致します」

そう頭を下げると、にこりと微笑み。彼女はカンターと呼んだおじさまのところへ行くと、ばつが悪そうなおじさまから推薦状を受け取った。

「ふふっ。剛拳のアンフィル様の戦いは私も見たいところですから、あなたの判断もわからなくはないわよ」

「はっ。申し訳ありません、マリーギー様」

背筋を伸ばして腰を折る彼の肩を軽く叩いた彼女は、手にした推薦状に素早く目を通し。わたしのことをじっと見つめ、それから、傍らに立つおじさまに何事か指示を出した。

彼女の指示を受けたおじさまが一度部屋を出て戻ると、その手に長剣と小ぶりの盾を手にしていた。

「ウィルラ様の経歴を鑑(かんが)みまして、こちらのカンターがお相手をさせていただきます」

彼女はそう言うと壁の方へ下がって行き、代わりにカンターさんが前に出る。

彼はベストの胸ポケットから、少し彫金されている銀色の徽章を取り出すと、わたしに見えるように差し出し、わたしが確認するとそれをポケットに戻した。

「僭越(せんえつ)ながら、お相手させていただきます。武器、防具を貸し出すこともできますが、いかがなさいますか？」

折角の申し出なので、防具を借りることにした。

丁度、村に居た時に使っていたような、革の胸当てがあったのでそれを借りる。

胸まわりがきついけれど、あるだけマシだと思うことにして、部屋の真ん中に戻って、カンターさんと向き合う。彼もしっかりと防具を装備していた。

「では、見極めをはじめます。私が声を掛けるまで、全力でおこなってください」

「はい」

右手を緩く握る。熱くなった手の中に慣れた剣の感触が現れる。

カンターさんの視線が強くなる。銀の徽章の彼だけど、どの程度の実力かわからない。

でも、マリーギーさんが全力を望んだということは、全力でやらなければならないということに違いない。

これは、ギルドに加入するための試験なのだし。

正面に対峙する彼から視線を外さずに、腰を落として剣を両手で構え、溜めを作らずにそのまま斬りかかる。

剣の重さがないので、剣の速度は冒険者並だと自負している。低い姿勢で走り込み、細身の長剣を右下から切り上げ、間一髪跳び退った彼を、走る速度のまま追撃し、切り上げた剣をそのまま切り下げ、もう一撃、横に薙いだ時、足がもつれた彼が後ろに倒れ込んだ。

「そこまでっ!」

彼の胸を足で踏み押さえ、剣を首の横に突き立てたところで制止の声が掛かった。

足の下のカンターさんは、整えてあった髪が乱れ息を荒くしていた。

剣から手を離して消し、彼の胸から足を退けてそっと後ろに下がる。

本当は手を貸したいところだけれど。以前村の人に手を貸そうとしたら、引き攣った顔で断られたので、二度としないことにしている。

「素晴らしい剣技でした。私では、相手になりませんでしたな」

服に付いた埃を払いながら、肩を落とした彼は苦く笑う。

「あの、あれは、わたしの一番得意なやり方で。不意打ちでしかできない技なので……」

「確かに、手がわかっていれば、防ぐことはできそうですね」

思案する様子を見せたマリーギーさんは、ふっとアンフィル達の方に近づいていった。

「先程は失礼しました。申し訳ありませんが、アンフィル様の腕をお貸しいただけますか」

「不意打ちとはいえ、銀の徽章の者を討ち取ったぞ？」

ボルッツさんが意地悪を言うようにそう彼女に尋ねれば、彼女は首を横に振った。

「身にそぐわぬ位は、本人の命に関わりますので。いま一度、彼女の実力を見たいのです」

真面目な表情でそう返す彼女に、ボルッツさんはアンフィルの方を窺い彼の返答を待つ。

「私は構いませんよ。ウィルラは、どうしますか？」

彼の剣での戦いを思い出し、腰が引けてしまうのは仕方ないことよね。

「ええと……いまのじゃ駄目？　銅の徽章には届いていると思うんだけれど」

おずおずとそう答えれば。ボルッツさんが首を横に振った。

駄目、なのね。

「なるべく早く、ランクを上げて欲しいんだよな」

「ランクの差が大きいと、受けられる依頼の限度が下がりますので」

アンフィルにもそう言われてしまえば、やらないわけにはいかない。

「が、頑張ります」

「ありがとうございます。全力で掛かってきてくださいね。勿論、私も攻撃をしますから」

近づいてきたアンフィルはそう言うと、こっそり耳元で。「もし怪我をしても、私がちゃんと治しますよ」と囁いてきた。

……それって、わたしが怪我をすることはあっても、アンフィルは無傷ってことよね？

うふふっ、なんだかやる気が出てきたわ。

ギュッギュと手を握り込み、肩を回す。

「そうね。折角だから、思いっきりやらせてもらうわ」

右手に剣を出し両手に持って少し下げ気味に構え、彼から距離を取ると。彼も、腰に下げていた剣を引き抜く。

最近は母と手合わせする時も、積極的になることはなかったけれど、今日は違う。

結婚したいという、女の子としてのわたしを認めてくれたアンフィルだから。武人であるわたしのことも、彼に認めてもらいたい。

表情を消して集中すると、彼の目も真剣なものに変わる。

ゾワリと肌を撫でる殺気に、彼の本気を感じながら。腰を落として呼吸を整える。

後ろに引いた右足で地面を蹴り、左下に先を向けていた剣で、彼に切り上げる。

耳障りの悪い鉄が擦(こす)れ合う音がして、彼の剣に剣先を流され右上に薙いだ剣を、身を捻って彼の胴へ切りつける。

ギンッ！

縦にした彼の剣に阻まれ、素早く剣を引いて横へ飛ぶ。一瞬前まで居た場所に、彼の剣が走ったのを見て、更に後ろへ距離を取り短く息を吐きだす。

自分に持久力がないのはわかっている。だから短期決戦しかない。

顔を上げて彼の目を見て、突っ込む。

「はぁっ！」

手数はこちらの方が有利、重さのない剣を縦横無尽に振るう。阻まれたらすぐに剣を引く、弾かれたらその勢いを利用して切りつける。

「しぃっ」

彼の顔が獰猛に笑みを作る。

くる！　彼の気配が変わったのを感じ、体の芯が身構える。

防戦に徹していた彼の剣が、攻撃に転じ。連続して繰り出される重い剣が、何度もわたしを襲う。矢継ぎ早に繰り出される剣をなんとか捌くが、剣を支える両手が痺れてくる。

くそっ、母さんの忠告どおり、握力を強くしておけばよかった。両手で持っているから、なんとか離さないで済んでいるけれど。明らかにこちらが押し負けている。

牽制するように数度切りつけてから大きく後ろに下がる。手足の長さ、体格、なにより筋力が違う。

「くっ……」

離れ、低い姿勢になって見上げるアンフィルは、実際の身長よりもずっと大きく感じる。

「来い」

構え直した彼の誘う声に、覚悟を決める。

剣から左手を離し、右に長剣を構える。無謀な特攻に見えるのだろう、彼の目が怪訝(けげん)そうに眇(すが)められる。

体を前に倒し、滑るように足を踏み出して彼に向かい走り出す。

「はあぁっ！」

気合い一閃(いっせん)、右手を振り抜く。

「甘い」

彼の剣が長剣を受け止めた瞬間、剣を手放し、長剣が消え——左手を握り込んだ。

カッ、と熱くなった左手の中に大剣が出現する。

「なにっ！」

突然現れた大剣に彼の目が見開かれたのを認識しながら、体を捻り思い切り彼の胴を薙ぐように剣を走らせた。

ガキンッ！

彼が咄嗟(とっさ)に剣を縦にし、更に服の下に付けている腕の防具で支えることで、わたしの奥の手は呆気(あっけ)なく止められ。痺れて緩んだ手から剣は消え、突進した勢いのまま地面を転がったわたしは、眼前に突きつけられた剣先を見つめて、敗北を知った。

「そこまでっ！」

マリーギーさんの声を聞いて、そういえばこれは見極めだったのだと思い出す。

目の前の剣が引かれ、代わりに大きな手が差し出される。顔を上げれば、額に汗を流すアンフィルが苦笑いしていた。

「素晴らしい奥の手でした。危うくやり過ぎてしまうところでしたよ」

彼の手に掴まって立ち上がると、パンパンパンと拍手が聞こえた。

「鳥肌が立つ、見事な試合でございました」

「見事というか。肝が冷えたぞ」

満面笑顔で手を叩くマリーギーさんの向こうから、顔色を悪くしているボルッツさんが近づいてくる。

「まさか、二つも武器をお持ちとは思いませんでした。長剣だけでも銅の中クラスでしたが、先程の戦い振りでしたら、もっと上にしなければなりませんね。あとは推薦状にあった、実績を加味して……」

思案顔になった彼女は、ぶつぶつ呟きながら部屋を出て行き。代わりにカンターさんが近づいてくる。

「あの様子だと、徽章を発行させていただくのに、少々時間がかかりそうですので。どうぞ、二階にございます喫茶室にてお休みください、珈琲をご用意させていただきます」

その言葉に従って三人で二階に上がれば、一階の半分程の広さの喫茶室があった。

どうやら、残りの半分は先程見極めに使った天井の高い部屋の部分みたい。

がらんとした喫茶室の、一つのテーブルに座れば。給仕の女性がすぐに人数分の珈琲を持ってきてくれた。

椅子に座った途端、緊張が抜けて体が重くなる。

「まずは、お疲れさん。あの様子なら、いい位置からはじめられるだろうよ」

そう言って、洗練された仕草で珈琲のカップを傾けかけたボルッツさんは、自分の所作に眉根を寄せてからその仕草を粗雑なものに変えた。

「焦（あせ）っちまったよ。武人だとは聞いていたが。まさか、二本も剣を持っているとは知らなかった。予（あらかじ）め言わないと、流石のアンフィルでも危ないだろうが。馬鹿モンが」

「う、は、い。ごめんなさい」

ボルッツさんの言葉に首を竦（すく）める。

てっきり兄から聞いているかと思ったけれど、実際は武人であることしか聞いていなくて。武器もなにを出せるか知らなかったということだ。

「それにしても。楽しかったですね、ウィルラ」

喉が渇いていたのか、無言で珈琲を飲み干したアンフィルが、そう言ってわたしに笑みを向ける。楽しかった――そう言ってくれる彼に、心から安堵（あんど）している自分が居る。

「ええ、そうね。とっても、楽しかったわ」

武人である自分の実力を出し切り、それでもわたしを嫌わないでいてくれる人。

でも、それとは別に、彼に負けた悔しさがある。まずは握力の強化よね。あと、持久力をもっとつけないと。初手合わせで、わたしの武器のことを知らなかったからここまでやれたけれど、二度目は無理よね。

珈琲を啜っていると、下からカンカンカンと金属を叩く音が聞こえてきた。

「おっ。早速、彫金を入れてくれているようだな」

ボルッツさんの言葉に、ドキドキしてくる。

お嫁さんになるという夢があったし、両親のこともあって冒険者という仕事に抵抗があったけれど。こうして徽章を作る段階になると、なんだかとても感慨深い。

真新しい銅の徽章はほとんど、彫金で埋まっていた。

新人は真っさらな銅から始まるものなのに、これじゃ、あと一息で銀の徽章じゃない！

あまりの高ランクっぷりに、思わず受け取りを拒否したそれを、マリーギーさんに無理矢理服のポケットに押し込まれた。

「いいから、受け取っておきなさい」

「マリーギーさんじゃない。身の程をわきまえないランクは、命取りって言ったの」

ポケットから取り出したそれを、大事に両手で持って彼女に突き返す。

「だから、本人に合った徽章にしたでしょう。低過ぎるのも駄目なのよ。諦めてお受け取りください、ウィルラ様」

キリッとギルド職員の顔でそう言った彼女に、それなら奥の手だ。

「わたし、徽章の代金を払えないので、辞退させていただきます！」

徽章が有料であるのは、この程度を払えない冒険者は、徽章を持つ資格なしということ。逆に言えば、お金を払えなければ徽章を持たずに済むってことよね！

「代金でしたら、お連れ様からいただいておりますよ」

カンターさんの返事に、ボルッツさんとアンフィルの方を振り返る。

「ああ、グランから金を預かってるから、その中から出しておいたぞ」

わたしの視線を受けたボルッツさんが、しれっと答えた。

「兄さんからっ？　なにそれ、聞いてないわよっ」

「言ってなかったか？」

すっとぼけたボルッツさんだったけれど、急に真顔になるとわたしの手に徽章を握らせた。

「気持ちはわからんでもないが。俺としちゃぁ、銀からはじめて欲しいくらいなんだぞ」

「ぎ、銀……っ？　な、なんて大それたこと……っ」

絶句したわたしに、ボルッツさんはチッチッと人差し指を左右に振る。

「銀の徽章じゃないと入れない場所も結構あるんだ。早く銀に上がってもらわないとな」

そう言って威圧的にニィッと口の端を上げたその顔に、嫌な予感がヒシヒシと。

「ちょっと待って、銀でないと入れない場所って、相当な場所よね？　そんなところに、田舎娘が入り込んで、大丈夫だと思ってるの？　ねぇ？」

「大丈夫なようにするから、大丈夫だ。安心して、ランクを上げろ」

意味がわからないことを自信満々で言い切るボルッツさんの視線を受けて、背中に冷や汗が流れる。

に、兄さん……確かに、貴族に関わっちゃ駄目だったわ。でも、兄さんが裏で一枚噛んでるのよね？　いつか、殴りに行ってもいいかしら？　いいわよね？

「ウィルラ……」

拳を握りしめたわたしを見下ろしていたアンフィルを見上げる。

その心配そうな瞳を見て、ハッとする。

女としても武人としても認めてくれた彼に、これ以上かっこ悪いところを見せられない。冒険者になるって、決めたんだもの。今更これしきのことで怖じ気づいてどうするの！

手にした徽章をもう一度見る。

真新しい銅の徽章いっぱいに、まるで花のように彫金が広がっている。この徽章に見合うような、冒険者になろう。

腹を決めて、大きく息を吸い込んだ。

「未熟者ですが、精進して参りますので。よろしくお願いします」

二人に向けて深く下げた頭を、大きな手のひら二つに撫でられる。

「精進する手伝いは任せてください」

「じゃあ俺は、それを適度なところで止める役目だな」

え、ちょっと、それってどういうことかしら？　もしかして、わたし、余計なことを言っちゃったのかも？

楽しそうな雰囲気のアンフィルに、今更手加減してくださいなんて言えない……わよね？

終章　初仕事

　わたし達は、王都までの商隊の護衛依頼を受注した。

　冒険者になりたてのわたしの経験を積むため。受注者はわたしの名で、二人はわたしに付随する形でこの依頼を受けることになった。

　金の徽章（バッジ）目前である二人は、本来であれば受けられない類（たぐ）いの依頼だったけれど。ギルドの好意によって、特別に許可された。

　今回の商隊は王都や主要な町に店を構える大店（おおだな）の商会と、親族で店を切り盛りしているという小さな商店の二つのお店から成る。

　大店の商会には、自前の護衛が付いているということで。商店の分の護衛の不足を補う目的なので、商隊からギルドに求められたランクは高くなく、募集人数も少ない。

　依頼書の中からこの依頼を選んだ時のボルッツさんが、妙に楽しそうな顔をしていたのがちょっと気になったけれど。

　商隊の人達や、商隊を守る護衛の人達との顔合わせをした時に、商隊のリーダーの人にわたし達は主に商店の方の護衛に専念するようにと指示された。

人数的に大店の商会の方が多く、元傭兵や元兵士で経験値も高いという理由で、商店が引いている荷馬車一台を間に挟み、大店の荷馬車が前後に二台ずつつく形で移動することに決まった。この打ち合わせでも、ボルッツさんが非常に楽しそうにしているのが、気になる。

自分の荷物を荷馬車の隅に乗せてもらえるので、手ぶらで歩けてとても快適な旅だった。

一日目は何事もなく、その日の目的の町に着いた。紅一点なお陰か、ちやほやしてもらったのも大変楽しかった。アンフィルが少々不機嫌な様子だったけれども。

「ウィルラ、今日は小さいが渓谷を通る。気を引き締めていけよ」

ボルッツさんからこっそりと囁かれた言葉に、首を傾げつつも。新人への教えだと思い、素直に「はい」と頷いていたのだけれど。

「こういうことだったのね……」

やっと事の成り行きを理解したわたしは。幌のない荷馬車の中で震える商人の親子をかばうように背にしながら、前に立つボルッツさんの背中に呟く。

まさか、前後を挟んで一緒に行動していた、大店の商会が襲ってくるとは思ってもみなかったわ。渓谷に入るとすぐにあの親切な護衛の人達が武器を手に、わたし達の守る商人の荷馬車を挟撃してきた。

「ウィルラの初仕事だ。気張っていくぞ！」

「うしろは、任せていただきましょう」

アンフィルも、今日は最初から剣を手に、非常にやる気満々だ。

そういえば、わたしが朝ボルッツさんに不審なことを囁かれたあと、同じようにボルッツさんに肩を叩(たた)かれ、耳元でなにか囁かれていた彼は、どことなく楽しそうな顔していたっけ。それから、ずーっと浮き浮きした雰囲気だったけど、これを楽しみにしていたのね。

ん？ そういえば、ボルッツさんに至っては。この仕事を受けた時から楽しそうにしていたっけ。——あとで、確認しておきたいわね、最初からわかってたんでしょ？ って。

「新人の姉ちゃん達には悪いが、アンタ等(ら)の人生はここで終(しま)いだ」

親切だった商隊のリーダーが、わたしに剣を向けてそう宣言する。

「に、荷を渡します！ 渡しますから、どうか命だけは……っ！」

わたしの後ろから、商人の親父さんがそう懇願するのを、男は一蹴(いっしゅう)する。

「お前達は皆殺しだ。荷も全てもらう」

生かしておくはずはないわよね、……これがはじめてじゃないみたいだし。

ここまで来る道中、悪意をひとかけらも感じなかった。これから殺そうとする相手に、あんな風に親切にできるってことは、かなり慣れているんだろう。

親切にしてもらいはしたけれど、彼らは盗賊と同じくくりでいいわね。

「ボルッツさん、生け捕り？」

「向こうの幌の中に居る商人だけで、足りるだろう。変に加減すれば手傷を負うこともある。思い切りやって構わないぞ」

ボルッツさんの返答に、「わかったわ」と短く返し、左手を握り込んだ。

王都でも有名な大衆酒場。辛うじて空いていたカウンター席に二人に挟まれて座り、アンフィルが注文したお酒と料理が運ばれてくるのを手持ちぶさたに待っていた。

「ねぇ、依頼の完了申請って、あんなに時間が掛かるものなの？　結構面倒なものなのね」

今回はわたしの名前で受けた仕事だったので、ボルッツさんに聞きながらわたしが手続きをしたんだけれど。昼前に行って、終わったのが夕方だった。もうへとへとで、お腹がすいて力が出ない。

「今回は、あんなことがあったから手間取ったが。普段はもっと早いぞ」

運ばれてきたお酒と料理がカウンターに並べられ、朝食以降なにも口にしていなかったわたし達は、周囲の喧噪を聞きながら黙々と食事に取りかかった。

「おい、聞いたか？　あの商会のはなし」

後ろのテーブルの、周囲の声に負けない大きさの男の声が耳に入る。

「あの商会？　どの商会だよ」

「お前んとこも取引のある、バーベンナ商会だよ。なんでもよ、小さな店の輸送中の荷を、商人を口封じに全滅させた上で奪ってたらしいぞ」

「はぁっ？　バーベンナったら、王都でも一、二を争う大店だぞ？　まぁ、悪い噂もちらほらあるにゃあるが。まさか、そんな大それたこと――」

絶句した男に、他のテーブルの男が話に加わってきた。

「いや、本当らしいぞ。商隊を組もうと持ちかけて、商人を安心させるために、安い金で数人の冒険者を雇ってよ。商店の荷馬車を守るって口実で前後を商会の荷馬車が挟んだ隊列組んで、逃げ場のない渓谷で、こう挟み撃ち」

随分とまぁ、詳しい説明だわ。

「随分詳しいじゃやねぇか」

わたしと同じことをその男も思ったのか、不審げに問いかける。

「ああ、実はよ。今回襲われた店ってのが、俺の叔父の店なんだわ」

世間って狭いのね。手にした果実酒のグラスを傾け、ソーセージとヒヨコ豆のスープをスプーンですくう。

「なるほど、小さな店なら、仕入れの旅路で不慮の事故に巻き込まれることだってないわけじゃないし。安い金で雇われるような冒険者なら、技術も未熟で経験も浅いだろ？　それに冒険者なんて、生き死に賭けた仕事だから、万が一のことだってあってもおかしかぁねぇよなぁ」

　他の男の声が、しみじみとそう言う。

「なるほどな。うまく隠せれば、公にならずに済むのか」

「ああ、なんでも、人知れず奴らの毒牙に掛かり命を失った商人の身内から、陳情が上がってたらしくてよ。秘密裏に動いていた国の兵士が、渓谷で待ち伏せてたらしいんだよ」

　……ん？

「へぇ！　その兵士が今回、奴らの悪事を暴いたってことか！」

がたがたっとテーブルを揺らして興奮する男を、他の男が宥める。

「いや、それがだな。その待ち伏せしていた兵士の目前で、商隊が雇っていた三人の冒険者があっという間に、バーベンナ側の人間を全滅させたんだとよ！」

　おおおぉ！　と男達が感嘆の声を上げたのを宥めて、男が更に得意げに話を続けた。

「その殲滅した冒険者っていうのが、ギルドに登録したばかりの——二本の剣を持つうら若き武人の乙女『双剣のウィルラ』と。美しさと力を併せ持つ『剛拳のアンフィル』。そして表に名前が出ることのない、その二人の司令塔ともいえる男！」

　いまや店中の人間が聞いている中で、得意げに語る男の声に、スプーンを持つわたしの手はぷるぷると震えた。

「ねぇ、ボルッツさん。なんでこんなに、詳しく広まっているのかしら」

左側に座る彼をぎろりと睨めば、すっと顔を逸らされた。

……この様子だと、一枚噛んでいるわね。

「今回は目撃者が多かったですし、人の口に戸は立てられませんから。それよりも、よかったじゃないですか、二つ名まで付いて」

「よくな――！」

本気でわたしの二つ名を喜んでいるらしく、無邪気にそう言うアンフィルに、危うく大声を上げそうになった自分の口を、慌てて両手で押さえる。

「まさか、初回で大当たりを引くとは思わなかったが。無事、銀へ昇格したし、これで受けられる依頼の幅が広がるな」

ホクホク顔のボルッツさんだけど、もしかしなくても、こうなることをわかっていてあの依頼を受けたのね？

「双剣と剛拳。語呂が似ていて、いいですね」

グラスを傾けながら、そこはかとなく嬉しそうに呟いたアンフィルから目を逸らす。

「――冒険者になるの、ちょっと早まったかしら……ねぇ」

わたしはグラスのお酒を飲み干し、カウンターに突っ伏した。

あとがき

こんにちは！　こる、ですっ！　クーラーが効きすぎる場所に行くと、右肘と左膝が痛くなって、自分の肉体のヤバさに心まで痛む、こる、です！

この度は『双剣の乙女』をお手に取っていただき、誠にありがとうございます！

素敵な表紙に惹かれて、お手に取ってくださった方も多いかと存じます。中のイラストも素晴らしいんですよ！　主人公のウィルラの表情が生き生きしていて、すんばらしいんです！　そしてボルッツさんの筋肉、見ていただけましたか？　よく見てください、割れてますから！　実はアンフィルも脱いだら凄いんですが、文中で出せなかったっ！　くぅっ！

この本が出るのが十月ですので、丁度読書の秋ですね☆夜のお供に、是非どうぞ！

イラストを描いてくださった朝日川様、二人三脚で走ってくださった担当様、ほかにも、そりゃぁ多くの方の力が集結して出来上がったこの本が、あなたに、楽しんでいただけたなら、とても、とても嬉しいです！

二〇一六年十月　こる

IRIS
ICHIJINSHA

双剣の乙女
待ってて、わたしの旦那様！

2016年11月1日　初版発行

著　者■こる

発行者■杉野庸介

発行所■株式会社一迅社
〒160-0022
東京都新宿区新宿2-5-10
成信ビル8F
電話03-5312-7432（編集）
電話03-5312-6150（販売）

印刷所・製本■大日本印刷株式会社

ＤＴＰ■株式会社三協美術

装　幀■今村奈緒美

ISBN978-4-7580-4882-8

この本を読んでのご意見
ご感想などをお寄せください。

おたよりの宛て先

〒160-0022
東京都新宿区新宿2-5-10
成信ビル8F
株式会社一迅社　ノベル編集部
こる 先生・朝日川 日和 先生